赤ん坊地蔵

ご隠居は福の神 8

井川香四郎

時代小説

二見時代小説文庫

目次

赤ん坊地蔵——ご隠居は福の神 8

赤ん坊地蔵――ご隠居は福の神8・主な登場人物

高山和馬《たかやまかずま》……自身の窮乏は顧みず他人の手助けをしてしまう、お人好しの貧乏旗本。

吉右衛門《きちえもん》……ひょんなことから和馬の用人のようになった、何でもこなす謎だらけの老人。

藪坂甚内《やぶさかじんない》……深川診療所の医師。儒学と医術の知識をもち「医は仁術」を実践している。

千晶《ちあき》……藪坂の診療所で働き、産婆と骨接ぎを担当。和馬に思いを寄せる娘。

お喜美《きみ》……酔った浪人らに絡まれているところを和馬に助けられた女。

古味覚三郎《こみかくさぶろう》……北町の定町《じょうまち》廻り同心。袖の下を平気で受け取るなど芳《かんば》しくない評判が多い。

熊公《くまこう》……古味の配下の元相撲取りの岡っ引き。和馬や吉右衛門とは顔馴染み。

富三郎《とみさぶろう》……頬に刀傷のあるやさぐれ者。吉右衛門に助けられた過去がある。

桜《さくら》……日本橋の大店「関前屋《せきぜんや》」の旦那の妾だった女。赤ん坊を産み捨て姿を消す。

お寅《とら》……義兄の店、太物問屋「桔梗屋《ききょうや》」を任された、女相撲の力士のような風貌の女。

久実《くみ》……京橋の縮緬《ちりめん》問屋「越後屋」の女将。

千鶴《ちづる》……病の床にある桔梗屋の主、鉄次《てつじ》の女房。

順之助《じゅんのすけ》……お寅と政吉の兄。創業時の桔梗屋の店主だったが、店の金を持ち逃げした。

鬼十郎《きじゅうろう》……「百目《ひゃくめ》の鬼十郎《きじゅうろう》」と呼ばれる盗賊一味の頭目。

多江《たえ》……三島から江戸に流れ着き、小間物屋「晴屋《はれや》」を開いた女将。

第一話　黒縁《くろぶち》の絵馬

一

猿江《さるえ》の御材木蔵よりも先、亀戸村《かめいどむら》の真ん中に、羅漢寺《らかんじ》という黄檗宗《おうばくしゅう》の寺がある。

黄檗宗とは、承応《しょうおう》年間に、隠元隆琦《いんげんりゅうき》という明《みん》の僧侶が始めたというが、教えは鎌倉時代に発祥した日本の禅宗である臨済宗《りんざいしゅう》と変わりはないという。

徳川《とくがわ》幕府や諸大名によって庇護されたため、庶民にも信者が増えた。この宗派の僧侶たちが、仏の教えを伝えたり、信仰するだけではなく、実際に困っている人々の暮らしを支えたからだ。井戸を掘ったり、橋を架けたりして、今でいう社会事業を行っていたから支持されたのであろう。

羅漢とは禅宗において、尊敬されるべき仏道修行者のことである。五百人の羅漢が群れをなして鎮座しているのが、この寺の由来で、元禄《げんろく》年間に松雲元慶《しょううんげんけい》禅師が開基したとされる。

本所《ほんじょ》の羅漢さんとして庶民に親しまれ、八代将軍・徳川吉宗《よしむね》も帰依していたくらいだが、近頃は少し妙な噂が立っていた。

——悪い奴を、地獄に落としてくれる。

というものだ。

境内には、神社にあるような絵馬堂があり、傍《かたわ》らの絵馬掛には、願い事が書かれた絵馬がいくつも掲げられていた。

平安時代に神仏習合が普及した頃、観世音菩薩《かんぜおんぼさつ》が騎乗して現れるということから、寺院にも絵馬を納める慣わしが広がったが、江戸時代にあっては、もっぱら現世利益を叶えるための願掛けに過ぎなくなっていた。

妙な噂というのは、葬儀に使うような黒縁《くろぶち》の絵馬に、人の名前が書かれると、数日後には必ず死ぬというのである。

水死とか転落死が多いので、

——絵馬を見た誰かが殺したに違いない。

という風評が、まことしやかに広がっていたのだ。

実際、不審な死ばかりなので、町奉行所が調べたところ、中には毒殺された者もおり、倒れただけにしては他に刃物の傷があったりと、怪しげな死体もあったのだ。だが、いずれも下手人《げしゅにん》は挙がっておらず、永尋《ながたずね》という〝未解決事件〟となっているものが多かった。

吉右衛門《きちえもん》がたまさか、黒縁の絵馬に高山和馬《たかやまかずま》の名を見たのは、ぶらりと羅漢寺に立ち寄った粉雪舞う夕暮れだった。

いつものように、深川《ふかがわ》診療所の藪坂甚内《やぶさかじんない》先生の所に立ち寄り、薬などを受け取って、患者に配って廻った帰りだった。足腰が弱くて、診療所まで来ることができない患者のために、吉右衛門も手伝っていたのだ。自分もとうに還暦を過ぎた年寄りだが、歩くことが心身に良いので、自ら好んで出かけていた。

目に止まった絵馬には、

『旗本・高山和馬……何人もの女を手籠《てご》めにしたろくでなしです』

とだけ書かれている。

同姓同名の旗本なのではないかと思ったが、丁寧《ていねい》に深川の屋敷の場所まで書いている。誰かの悪戯《いたずら》かもしれないが、死人《しびと》が出ている絵馬のことゆえ、洒落《しゃれ》にならぬと吉右衛門は思った。処分しようと思ったが、勝手に絵馬に手を出すのもどうかと思って、気がかりながら、境内を後にした。

ふと視線を感じて振り返ると、本堂の中で人の動く気配がした。大きな寺で修行僧も沢山《たくさん》おり、本尊の釈迦如来《しゃかにょらい》は立派な彫像だから、辺鄙《へんぴ》な所なのに参拝する善男善女は多い。

「——さしずめ、釈迦如来に成敗を嘆願するということかな……だが、仏が人を殺すものか……馬鹿馬鹿しい」

吉右衛門は呟きながら、高山家の屋敷に向かったが、帰り道を歩く間、ずっと誰かから見られているような気がしてならなかった。これまであまり感じたことのない、不気味な風に吹かれているようだった。

屋敷に帰り着くと、いつものように近所の子供らが集まっていて、わいわい騒ぎながら夕餉《ゆうげ》を取っていた。

親のない子もいるが、大概《たいがい》の親たちは仕事が忙しくて、帰ってくるのが遅い。その子供らを相手に、楽しそうに一緒に飯を食べている和馬の姿もあった。とても、「何人もの女を手籠めにしたろくでなし」には見えない。

厨房の方には、これまたいつものように千晶《ちあき》が手伝いに来ていた。藪坂先生の弟子にして、産婆《さんば》であり骨接《ほねつ》ぎ医でもあるという、頼もしい娘である。和馬に惚れているのだが、肝心の和馬の方は、いまひとつ避けていた。

「――まあ、相性ってのがあるから、仕方がないわいなあ」

ぽつり呟いた吉右衛門に、千晶は気付いてニコリと微笑《ほほえ》みかけ、

「お疲れ様でした。遠くまで、大変だったでしょう」

「なに、大したことはない。足腰が鍛えられて丁度良い塩梅《あんばい》じゃ」

「では、お腹がお空きになったでしょ。ご隠居さんが好物の鴨汁《かもじる》を作っておきました」

「そうか、そうか。ありがたいことだ。間もなく梅が咲く時節なのに、雪がちらついて寒いから、こりゃ嬉しいわい」

吉右衛門は微笑み返してから、何気なく玄関の方に視線を送った。すぐに千晶は何かを察したかのように、

「どうしたのですか。誰かに尾《つ》けられてでもいるのですか」

と訊いた。

「どうして、そう思うのかね」

「帰ってきたときも、厨房からチラッと見えてたのです。何かを気にしているように、振り返ってばかりだったから」

「そうかい。いやなに寒いせいかもしれんな……それより、つかぬことを訊くが、千晶は、和馬様に手籠めにされたことはあるかね」

「な……何を言うのですか」

あまりに唐突な問いかけに、千晶はどう答えてよいか分からなかった。そして、すぐに気色《けしき》ばんで言い返した。

「和馬様に限って、そんなことは致しません」

「どうして、そう断言できるのかな」

「――どうしてって……」

「他の女には酷いことをしているかもしれぬぞ。男というものは分からぬゆえな。千晶の知らぬ顔があるやもしれぬぞよ」

吉右衛門が話し続けると、つまらない話だと鼻白《はなじら》んだ千晶は、

「どうかしたのですか、ご隠居さん……本当に変ですよ。お疲れになったのでしょう」

と相手にせぬとばかりに立ち去った。

入れ替わるように、やはり厨房の方から、襷《たすき》がけに前掛けをした若い町女が、鍋を両手で持ってやってきた。年の頃は、二十五、六であろうか。年増《としま》というには若いが、

妙に艶《あで》やかな色気が漂っていた。

「おや……」

初めて見る顔だと、吉右衛門は思った。その表情に気付いたのか、和馬は手招きをして、女を紹介した。

「この前、話した、ほら……お喜美《きみ》さんというんだ」

「お喜美さん……」

「ああ。近くに来たからと、千晶の手伝いをしてくれているのだ」

と言ってから、お喜美も呼びつけて、

「うちの中間《ちゅうげん》の吉右衛門だ」

「中間……ま、いいですけれどね……」

吉右衛門は少し不満な顔つきになったが、お喜美の方はニッコリと微笑みかけて、

「お初にお目にかかります。吉右衛門さんのことは、和馬様からよく聞いております。近所では、〝福の神〟と呼ばれている頼もしいご隠居さんですってね」

と言った。

「いやいや、貧乏神です。私が〝中間〟として入ってからも、高山家は一向にお金とは縁がない。なのに、この大盤振る舞いです」

と〝中間〟に力を入れて、吉右衛門は返事をしたが、和馬は何とも感じていない。

「それより、お喜美さんとやら……もううちの若《わか》のことを、和馬様と名で呼ぶほど親しくなったのですか」

「え……？」

「和馬様から聞いた話では、つい数日前に……」

富岡八幡宮《とみおかはちまんぐう》の境内で、やさぐれた酔っ払い浪人らに襲われていたところを、和馬が助けたのが縁で茶店に立ち寄り、それからすぐに住まいの長屋に送ったとのことだった。

「住まいはたしか……両国橋《りょうごくばし》東詰の回向院《えこういん》近くの長屋だったとか」

「ええ。よくご存知で。その節は本当に、お世話になりました。和馬様が通りかからなかったら、境内裏に連れ込まれて手籠めにされていたかもしれません」

「手籠め……和馬様がですか……」

吉右衛門が的外《まとはず》れな問いかけをしたので、和馬とお喜美は顔を見合わせて笑った。

「おいおい、中間の吉右衛門。近頃、惚《ぼ》けてきたのではないか。亀戸村の方まで出かけたから疲れたのだろう。ささ、鴨汁を食え」

苦笑しながら、和馬自身が鍋から鴨汁をお椀に注いでやった。

「亀戸村の方まで行かれたのですか。それは大変でしたね」

お喜美が訊くと、吉右衛門はズズッと汁を啜ってから、

「ええ、まあ……中間ですから、老体でも酷使されているのです」

と言うと、和馬は半ばムキになった。

「おい。お喜美さんが誤解するようなことを言うなよ」

「誤解されてまずいことでもありますかな。あるがままの和馬様を見て貰った方がよいと思いますぞ」

「なんだ、その言い草は……小姑《こじゅうと》みたいだな」

「中間は、小姑のようなものですから、悪しからず」

そんなやりとりを、笑ってお喜美は見ていたが、

「帰りに羅漢寺に参拝しました。和馬様に災いが及ばぬよう、祈っておきましたよ」

と言った吉右衛門の言葉に、少しばかりお喜美の表情が変わった。

「――どうかしましたかな」

すぐに吉右衛門が尋ねると、お喜美は「いいえ」と首を振って、千晶の手伝いの続きをすると厨房の方へ立ち去った。

「なんだよ、吉右衛門……あの女の何が気に入らないのだ」

「そう察してくれましたか」

「たしかに、あの女は芸者崩れで、旦那に恵まれず、苦界《くがい》に身を沈めていたこともある。だからといって……」

「私はそんなことは気にしておりません。この際、正直に言っておきましょう」

「なんだ……」

吉右衛門は声を顰《ひそ》めて、羅漢寺に掲げられていた絵馬のことを伝えた。一瞬、和馬は眉間《みけん》に皺《しわ》を寄せたが、

「俺のことではない。おまえ、そんなことを気にしていたのか」

「ええ、私がお屋敷に奉公する前の和馬様が、どんな方だったかは、知りようがありませんので……特にもっと若い頃のことは」

「ふん。勝手にしろ……それと、お喜美のことに何の関わりがあるのだ」

「まあ、気をつけておいて下さい。年寄りの勘ということで」

真顔で言ってから、吉右衛門は鴨汁を食べ続けた。和馬が呆《あき》れたように溜息をつくと、厨房の方で、千晶と一緒に楽しそうに笑うお喜美の姿が見えた。

「——吉右衛門……今度ばかりは、おまえの勘は外れてると思うぞ。あの女は苦労人だ。だからこそ、ここに来ている子供たちの気持ちも分かるのであろう……千晶とも

気があっている。なんとかしてやりたいと思う」

「さいですか……」

「おまえには迷惑はかけぬ。要らぬ心配だ」

和馬はキッパリと断言した。

そこへ、岡っ引の熊公《くまこう》がひとりでやってきた。

「おや？　古味《こみ》の旦那は一緒じゃないんですか」

珍しいこともあるものだと、吉右衛門が訊いた。北町奉行所・定町廻り同心の古味覚三郎《かくさぶろう》のことである。あちこちで袖の下ばかり受け取っている評判の悪い同心で、〝鬼の覚三郎〟と綽名《あだな》されている。

「それがな、風邪《かぜ》を引いちまってな」

「あらら、まさしく鬼《おに》の霍乱《かくらん》……早いとこ藪坂先生に見せた方がよろしいですよ」

「一晩寝れば治らあな。それより、この顔を見かけたら報せてくれ」

熊公は人相書きを差し出した。左頬に刀傷のある、いかにも極悪そうな顔である。

吉右衛門には見覚えがあったが、あえて何も言わずに問いかけた。

「こいつは何をしたんです」

「聞いたことがあるかもしれねえが、羅漢寺の絵馬絡みのことでな」

「もしかして、人殺し……」

「かどうかは分からねえが、本所深川界隈に潜《ひそ》んでるかもしれねえから、気を付けな」

人相書きを改めて見たが、和馬は知らない顔だった。

「悪い噂ほど当たるからなあ……なんだか気が落ち着きませんなあ……」

吉右衛門は羅漢寺から抱き続けていた違和感が、どうも現実味を帯びてきたような気がして仕方がなかった。

二

数日後のことである。江戸の夕焼けは、遠くに見える富士山と重なって、絵のように美しい。特に、海辺から眺める景色は、心が洗われるものがる。

だが、その情緒とは縁がなさそうな、男と女、ふたつの影があった。開いた障子窓から、潮気を含んだ川風が忍び込んできている。つい先刻までの夕映えが消えて、薄《うす》紫《むらさき》の闇が広がり始めた。しかも、満ち潮のせいで、江戸湾から隅田川《すみだがわ》に逆流する川《か》面《わ》は波立っており、妙に人の心をざわつかせた。

「――梅は咲いたか、桜はまだかいな……近頃は変だねえ、もうすぐ春なのに雪は降るわ、梅はちっとも咲かないわ……」

永代橋《えいたいばし》の袂《たもと》にある小さな船宿の二階である。障子窓の手摺りに凭《もた》れかけて、湯上がりのような火照《ほて》った体を川風に晒しながら、女が浴衣《ゆかた》の襟元をずらしていた。餅《もち》のように白く豊かな胸の膨らみが、ゆったりと波を打っているように見える。

そんな女を目の前にして、左頬に刀傷のある三十絡みの遊び人風の男が、じれったそうに頬を撫でていた。刀傷は古いもので、かさぶたの痕始末が悪かったのであろう、蚯蚓《みみず》のように黒っぽく膨れあがっている。

「おい。じらすのも大概にしてくれねえか……やるのか、やんねえのか」

遊び人風の男は怒っているわけではない。冗談まじりの穏やかな声で、逢瀬《おうせ》を楽しんでいるふうだった。煙草《たばこ》盆の縁で、咥《くわ》えていた煙管《きせる》をポンと叩いて、

「なあ……こちとら、もう我慢の限界だぜ……」

と声をかけたが、女は振り向きもせず、

「なんだよ……粋《いき》で鯔背《いなせ》な江戸っ子……焦るような野暮天《やぼてん》には見えないから、こっちもついつい、つられてきたのにさ」

芝居がかった甘い声で答えた。

ふたりは、ほんの半刻ほど前に、町のど真ん中で出会ったばかりである。お互い擦《す》れ違い様に目が合った瞬間、ピンときたのか、どちらからともなく近づいて、近くの船宿にしけ込んだわけである。

女は髪結《かみゆ》いらしいが、休みだとのことで道具は手にしていなかった。女の髪結いは、元々は遊里で行っていただけだが、寛政《かんせい》年間には当たり前のように町場にいた。廻り髪結いも多かったが、老中・水野忠邦《みずのただくに》の天保《てんぽう》の改革の一環で、女髪結いは色々規制され始めていた。髪結いは表向きで、呼ばれた客の家で春をひさぐ女もいたからだ。

「なあ、名前はなんてんだい……俺は富三郎《とみさぶろう》ってんだ」

「ほんと野暮だねえ……お互い名なんざ知らないまま抱き合うのが、なんとも言えない悦びなんじゃないのかい」

川面を見ている女は、背を向けたまま言った。

「後で、好いた惚《ほ》れたと、ややこしくなるのは御免だよ」

「まあ、そう言わずによ……」

富三郎と名乗った男は、女を後ろから軽く抱擁した。

女と会ったきっかけは、些細なことだった。賭場《とば》で負けがこみ、富岡八幡宮の境内をぶらついていて、出会い頭《がしら》にぶつかったはずみで、女が足首をねじって倒れたのだった。悲鳴も上げず、ただ苦痛にゆがんだ顔が妙に艶《なま》めかしく、裾《すそ》から見えた膝は透き通るように真っ白だった。なのに、顔だちは色艶《いろつや》があって、妙にそそられた。

だが、なぜか気やすく声をかけそびれた。大きく澄んだ瞳、小さいがすっと通った鼻筋、かすかに開いた形のよい唇が、いい塩梅に整っている。今まで会ったことのない美しい女だった。

富三郎が手を差しのべると、女はしなを作って寄りかかって、眉をひそめながら痛めた右足首をさすったのだ。その仕種が富三郎には、明らかに誘っているように見えた。富三郎の方も吸い付きたい衝動に駆られた。かすかに甘い髪の匂いがする。益々、淫らな思いに突き上げられたのだった。

「――ああ、痛い……」

女が蚊《か》の鳴くような声で呟くので、富三郎は町医者まで連れていこうとしたが、女の方から、抱きついてきたのだ。

やさぐれ者の富三郎は、人に親切を施したことなど一度もない男だった。老人や子供がならず者にいたぶられて困っていても、素知らぬ顔をして通り過ぎるのが常だった。だが、腕には自信がないわけではない。ガキの頃から、喧嘩には負けたことはない。相手が何人いようが、たとえ半殺しの目にあおうが、必ず最後には相手をぶっ倒していた。

「喧嘩に勝つコツはひとつだぜ」

と教えてくれたのは、渡世《とせい》稼業に足を突っ込んでから世話になった兄貴分だった。

「死ぬ覚悟でやるこった。相手を一緒に巻き込んで死ぬ覚悟さえできりゃ、怖いものはねえ。殴られようが、刺されようが、相手にしがみついてやるんだ。こりゃ、怖いぜ」

兄貴分はやくざの出入りで大怪我をして、その傷が元で、破傷風《はしょうふう》にかかって死んだが、富三郎は兄貴分の仇討《かたきう》ちのつもりで、喧嘩三昧《ざんまい》の暮らしをしてきた。自分から仕掛けたことはないが、持って生まれた顔つきがそうさせるのか、必ず相手に喧嘩をふっかけられた。

頬の傷以外に、体には幾つもの切り傷がある。浪人者たちと喧嘩をしてつけられた傷だが、相手は拳《こぶし》で殴り殺した。幸い、お上《かみ》には見つかっていない。

「俺はよ……どうして、こんな人間になっちまったんだろう……そう思う時もあるんだ。姐《ねえ》さんもその類《たぐい》じゃねえのかい」

富三郎は甘嚙《あまが》みするように、女の耳朶《じだ》に唇を這わせた。

「まともな仕事は何ひとつせず、賭場で賽子《さいころ》や花札《はなふだ》遊びをしていただけだ。後は、酒を飲んでるか女を抱いてるか……それだけの男だがよ、なぜかお上には咎《とが》められることもなく、前科者にならずに済んでるのが、不思議なくらいだぜ」

三度の飯より好きな女にだって、優しくふるまったことなど一度もない。頰に傷をつけられても、なぜか女の方から言い寄ってくることが多かった。小娘から大年増まで、体を重ねた女の数なんぞ数えたことはない。女にまとわりつかれて面倒だという男がいるが、富三郎はそんなことを思ったことはない。まとわりつく女は、この世から消す。それが、富三郎の流儀だったからだ。

——この世から消す……。

富三郎は女の体は好きだが、心から惚れたことはないし、女の考えている小さな幸せなんぞは、虫酸《むしず》が走るほど大嫌いだった。女はただ欲望のはけ口に過ぎない。

「おまえとは、似た者同士ってとこかな……ええっ、素《そ》っ気《け》ない面《つら》しているが、本当は俺と同じで、体が求めてるだけじゃねえのか」

「そうさねえ……ええ、そうだよ……なのに、なんで、身の上話なんかするのさ……それが余計なんだよ、兄さん」

女は障子窓を閉じると、富三郎に体を寄せてきて、煙管を取り上げて吸った。煙で輪を作りながら、湿った唇から吐き出したその顔は——お喜美であった。

高山家で、千晶と一緒に子供たちに飯を振る舞っていたときの姿とは、まったくの別人の雰囲気で、底意地が悪そうに見える。

「本当は惚れた女がいて、ここに来たことを後悔してるんじゃないのかえ」

「そんな奴はいねえよ。女なんて、面倒臭いだけだ」

「ふうん……だから手あたり次第、こんな所へ女を連れ込むんだね？」

さりげなく言うお喜美に、富三郎は煙管を取り返して吸いながら、

「誘ったのは、そっちじゃねえか。足首はたいしたことない、横になれるとこで、ちょいと休めばよくなるってよ」

「そうだったかしら？」

お喜美の肩を摑もうとする富三郎の腕を擦り抜け、膳の前に座った。膳には、鰻《うなぎ》の白焼と鯊《はぜ》の煮付、潮汁がこぢんまりある。お喜美は細い指で、鰻の白焼を一切れ摘むと、富三郎の口に運びながら、

「どっちが先に誘ったなんて野暮はなしにしましょうよ。理無《わりな》い仲になりゃ、男と女は五分と五分。怨みっこなしで、ね」

「本当にそう思ってんのか」

「どうして？」

「女って生き物は、頭じゃなくて、下っ腹で物事を考えてる。だから、ややこしくって仕方がねえ。おめえのように、すっきり割り切ってる女なんて、珍しくてよ」

「理屈っぽい男は嫌いさね……」

意味ありげに微笑むと、お喜美は手酌で酒を一口だけ飲み、濡れた髪をとめていた銀の簪《かんざし》をはずした。乱れたまま肩に落ちる髪に、富三郎をそっと触れてみた。豊かな黒髪だ。

「髪結いって言ってたが、ほんとうかい？」

富三郎は濡れたうなじを指でかきあげながら訊いた。

「おかしな人。なんだって疑うんだね」

「言っただろ、珍しい女だからさ」

「道具なんてなくたって、この簪一本で、髷《まげ》くらい結えるさね……髷を直すだけで、男があがるよ。さあ」

お喜美がスッと突き出した簪は、匕首《あいくち》のように鈍い光を放った。富三郎は一瞬どきりとした。頬の刀傷に沿わせて、簪をゆっくりと動かしたからである。

「この古傷がなんだか、たまらないのよね……」

「ふん。思い出したくもねえや」

「どうせ、女にやられたんじゃないかい」

「えっ。どうして、そのことを……」

「へえ、そうなのかい。出鱈目《でたらめ》を言ってみただけだよ」

「――もう何年も前のこった……半年ほど一緒に暮らした女が、一緒になってくれなきゃ、死んでやると俺の匕首《あいくち》を持ち出してよ……そいつはまだ十七になったばかりで、行きつけの湯屋《ゆうや》の娘だった。顔は大人びて色気づいてたが、俺から見れば小娘だ」

湯屋は町人の憩いの場所で、酒こそ出ないが、顔なじみと将棋や碁を楽しんだり、軽い食事をしたりする集会所だった。その娘を、富三郎は特に可愛がっていたわけではないが、なんとなくそうなっただけだ。もっとも富三郎は、娘を女としてなど見ていなかった。が、女の方は違っていた。
一七、八の娘は、まともな男より、ちょっと危険な匂いのする男に魅かれるものだ。
富三郎はそう心得ているから、

「火傷《やけど》をしないうちに、俺と出歩くのはやめときな」

そう言って諭《さと》したことがある。富三郎にしては、珍しい心遣いであった。だが、それが仇《あだ》となった。

「富三郎さんのことを、みんなは悪《あく》タレだって言うけれど、ほんとは気の優しい、とってもいい人なんだ」

娘はそう思い込んでいた。

「そんなところがガキなんだよ。世の中にゃ、いい人なんて、ひとりたりともいやしねえ。いい人のふりをしてるだけさ。そうした方が、人様と付き合いやすいからな。でも、誰だって、てめえが一番可愛い。てめえのことばかり考えて生きてるのが、人の世の常さ」

富三郎はガキの頃から、世間の冷たさを痛いというほど叩き込まれていた。父親は大真面目な大工で、女を買うことも賭事も一切やらなかった。たまに安酒を舐める程度で、酒を口にするのが、贅沢《ぜいたく》だと思っていた男だ。

そんな父親が、お人よしなばっかりに、他人の借金を背負い込むハメに陥《おちい》り、取り立てに追われ、しまいには自害した。恨み言も言わず死んでしまった父親を、富三郎は悔しい思いで、野辺送《のべおく》りしたのを昨日のように覚えている。

てめえが困った時には親父を頼ってきていた奴らが、親父の危難には知らぬ顔を通した。幼心にも「世間とはこんなもんだ」と富三郎は思わずにいられなかった。

親父が死んだとたん、女所帯になった母親に、夜這いをかけてくる助平《すけべ》面の男たちもいた。富三郎の兄貴は、そんな男のひとりを半殺しにしたために、村から追われて渡世稼業に走った。

「——世間てなあ、信じられねえ。本当だぜ……だから俺にも惚れちゃならねえって、その娘に言ったんだがな……一緒に暮らしたのが間違いだった……そいつも女房面をするようになってよ……」

若い娘でも、何度も体を重ねてくると飽きてくる。

「だんだん煩《わずら》わしくなってきてよ……でも、気楽な湯屋の亭主でいいじゃないかって、夫婦になってくれと迫られた……こいつも他の女と同じかと思ってな……俺は、男を縛りつける女の性《さが》が今でも理解できねえ」

「そんなもんかねえ」

「ああ……同じようなことが何度もあった。その都度、引導《いんどう》を渡すような酷《ひど》い仕打ちをした。相手の親から、金を強請《ゆす》り取ったり、女を丸裸にして往来へ叩き出したり、岡場所へ売り飛ばしたこともある」

「酷い男だねえ」

「それでも、なぜか、てめえが悪いことをしたとは思えなかった……惚れたおまえに見る目がなかった。これが世間てものだ」

と相手の女に吐き棄てるのが常だった。

「だがよ、私と一緒にならないなら、あんたを殺して私も死ぬってな……これだよ」

富三郎は自分の頰の傷を指先でなぞって、自嘲気味に笑った。

「で、相手の娘はどうなったんだい」

「その場で、自分で喉《のど》をカッ切ったよ」

「本当のことかい」

「さあ……どうかな。作り話でもした方が、燃え上がると思ってよ」

「なるほどねえ……」

お喜美は、さりげなく富三郎の体から離れると、薄ら笑みを浮かべた。

「何がおかしいんだ」

「私はどうなんだえ……あんたの思い出話にされるか、それとも……」

「──俺も焼きが廻ってきたかな……おまえを見てると、どうもな……」

富三郎がまた抱き寄せようとすると、お喜美は立ち上がって、

「ありがとさん……お陰で、よくなったみたい。このお礼はまたいずれ」

と痛めたという足を軽く振ってから、廊下に出ていった。

「おい、待てよ。からかってんのか」

富三郎は立ち上がろうとしたが、足が痺れて立てなかった。その隙に、お喜美は軽

やかに階段を降りていった。

「なんだよ、ちくしょう……」

釣り損ねた魚は大きいというが、富三郎は歯噛みしながら、

「覚えてろ。必ず見つけ出して、手籠めにしてやる」

と呟くのだった。

三

「アハハハ……そりゃ、女殺しの富三郎も形なしだなあ。ワハハ」

吉右衛門は大笑いして、からかった。

目の前にいるのは、しょぼくれた様子の富三郎である。富岡八幡宮前の茶店で、団子を食べながら、吉右衛門は船宿での女の様子を聞いていた。むろん、お喜美であることを、吉右衛門は知る由《よし》もない。

「そりゃ、凄いタマでよ。むしゃぶりつきたいのを、ちと我慢しすぎた」

反省しながら、茶を啜る富三郎の姿は、吉右衛門の前にいると厳《いか》つい顔だが、借りてきた猫のように見える。

「ところで、富三郎……おまえ、何をやらかしたんだね」

「えっ……」

「うちにも人相書きが廻ってきたが、顔まで描かれて、お上に追われてるってことは、余程のことをしたんだろう」

富三郎が相当の悪さをしていたということは、吉右衛門はよく知っている。もう二、三年前になるが、十人ものやくざ者を相手に喧嘩をしていて、殺されかけたところを助けてやったのが、吉右衛門だった。

もっとも、その時だけの関わりで、まっとうな人間に戻してやろうとか、正業に就かせてやろうなどと、吉右衛門は考えなかった。人間には直しようもないほど腐っている者もいるからである。

だが、富三郎の方は、年寄りのくせにバッタバッタと荒くれどもを投げ倒す吉右衛門の腕前に驚いて、子分にしてくれと頼み込んできたことがあるのだ。もちろん断ったし、関わりも避けていたが、なぜか時々、顔を出しては、「飯を奢《おご》ってくれ」というので、付き合ってやっていたのだ。

「それにしても、ご隠居さんから誘われるとは……どういった風の吹き廻しで」

富三郎が不思議そうに訊くと、吉右衛門はいつもの微笑みが少し消えて、周りを気にしながら声を抑えた。

「実はな……和馬様が誰かに命を狙われている節があるんだ」

「ええッ」

「驚くのも無理はないが、羅漢寺の噂は、おまえさんも聞いたことがあるだろう」

「――え、ええ。まあ……」

はっきりしない表情で、口ごもった感じもしたが、吉右衛門はあえて探るような目になって尋ねた。

「もしかして、何か知ってんじゃないかと思ってな」

「俺が？　どうしてです……」

「羅漢寺に限らず、裏渡世じゃ、金で人の命を始末する輩《やから》がいると聞いたことがある。政事に関わっている侍なら、正々堂々と戦うか、そうじゃなきゃ闇討《やみう》ちをして当たり前だ」

「えっ……当たり前なんですかい」

「侍ってのは、最後に刀にモノをいわせるから、侍なんだよ」

吉右衛門は当然のように答えて、

「だが、自分で仇討ちができない庶民や力のない女なんかは、誰かに願掛けして、憎い相手を殺したいと考えても不思議ではなかろう……現実に、それらしき死人も何人か出ているしな」

「——随分と物騒な話ですが、なんで俺にそんな話を……」

「おまえさんが金で人殺しをしてるなんてことは思ってないよ。ただ、調べて貰いたいことがあるんだ」

「そりゃ、命の恩人のご隠居さんのためなら……」

吉右衛門は、羅漢寺で見た絵馬のことを話して、声を顰《ひそ》めて続けた。

「実はな、うちの屋敷に妙な女が入り込んでるんだが、、どうも妙なんだ……浪人に襲われているのを助けたのが縁らしいのだが、私が調べたところでは、浪人どもはその女に金で雇われたらしいんだ」

「金で……てことは、わざと若様に助けられたってわけで？」

「そういうことだ。だが、雇われた浪人どもは、何処《どこ》の誰かは知らないというのだ。で……和馬様が送っていったという両国橋東詰の長屋を調べてみたのだが、そこには住んでいないんだ」

「住んでいない……嘘をついたってことですかい」

「としか考えられまい。女の顔は、ちょっとした美人だがね、表向きの気立ても良さそうだし、和馬様も気に入っていて、下手《へた》すれば女房にだってしかねない感じでね。だが、ここ二、三日は顔を出してないんだ」

「そいつは気になりやすね……」

「名は、お喜美といって、岡場所にいたこともあるらしい……これとて、本当のことかどうかは怪しいがね」

「お喜美ですね……ご隠居さんのお気持ちは分かりやした。その女が、絵馬に願掛けをした奴かどうかを知りたいんですね」

「ああ……済まないねえ、こんなことを」

「とんでもありやせん。これでも、そっちの方は今でも多少は顔が利くんで、調べてみまさあ。任しといてくんなせえ」

胸を叩いて富三郎が立ち上がるのへ、

「危ない真似はしなくていいからね。素性を知りたいだけなんだ」

「へえ。あっしもまだ寝てみたい女がいやすんで、死にたかありやせん、へへ」

と富三郎は鼻の頭をちょこっと掻いて、駆け去った。

それにしても、寒すぎる。カラッ風のせいで、江戸市中の辻には土埃《つちぼこり》が舞っていた。春が近いのに、凍りつくような寒さである。富三郎は懐手《ふところで》で背中を丸めながら、まずは両国橋東詰辺りを探ってみようとした。

――妙な女か……。

富三郎は、船宿で逃がした女を思い出していた。釣りそこねたから、余計に気がかりである。逃げられた日から、出会った富岡八幡宮の境内や参道をぶらつき、女髪結いの顔の特徴を、出店や近所の者に聞いて歩き廻ったが、女のことは何ひとつわからなかった。

――待てよ……俺が、あの女と出会ったのも富岡八幡宮の境内だった……。

なんだか苦《にが》い味が口の中でした。

もしかして同じ女ではないかという思いが、富三郎の脳裏に去来した。逃した魚を追いかけるような、しつこい性分ではないが、やはり船宿の女のことが心の片隅に引っかかっていた。

だが、両国橋東詰辺りに、目当ての女はおらず、その辺りの長屋や茶店、居酒屋などを巡っても、お喜美という女のことは分からなかった。

回向院の前に立ったとき、岡場所の女の恨みでもあるのかと感じた。ここには名も無き遊女の墓もあるからだ。自分の来《こ》し方を振り返って、泣かせた女のことを思ったのか、富三郎は思わず手を合わせた。

「――恨むなよ……」

と呟いたとき、ふいに肩を叩かれた。ひんやりした感じがしたのは、ズシンとした十手《じって》だったからである。十手は意外に重く、刀を受け止めるほど頑丈だから、頭を叩かれれば確実に死ぬだろう。

そこに立っていたのは力士のようにでかい熊公だった。

「見つけたぞ、富三郎……何処に隠れてやがった」

「別に隠れてねえが」

富三郎は背中を向けて立ち去ろうとしたが、その前に熊公が立ちはだかって、人相書きを突きつけて、

「お尋ね者になってるぜ。半年ほど前、神田須田町《かんだすだちょう》の米問屋『大江屋《おおえや》』の主人、惣右衛門《そうえもん》が神田明神の階段から転がり落ちて死んだのだが……おまえが突き落とした疑いがある」

「なにをバカな」

鼻で笑った富三郎は、立ち去ろうとした。その肩に、熊公は十手を押しつけて、

「ちょいと番屋まで来てくれねえかな。話を聞かせて貰いたいんだ」

「俺が何をしたってんだ。『大江屋』なんぞ聞いたこともねえや」

「羅漢寺の絵馬に覚えはねえかい……惣右衛門を殺して欲しい。こいつは人でなしで生きていたら、罪もない人が死ぬことになる……と書かれていたらしいが、そのとおり死んでしまった」

「──知るけえ……」

「惣右衛門はたしかに、この飢饉の折に、米を独り占めして値上げをし、莫大な金を稼いでいた。飢え死にしそうな者を目の前にしても、粥《かゆ》一杯すら与えなかった冷たい奴だ。だからって、殺していいことにはならねえ」

「階段から落ちて死んだんじゃねえのかい。酔っ払って足を滑らせて落ちる奴は、何処にでもいると思うがな」

「ああ、そうだな。しかし、おまえが、その場にいたことを見た奴は、ひとりやふたりじゃないんだ」

「もし、その場にいたとしても、それだけの理由で、突き落としたことにされちゃ、たまらねえな。そういうのを因縁をつけるってんだぜ、熊公さんよ」

　富三郎は肩に置かれた十手を払って、

「おまえさんも一端《いっぱし》の岡っ引なら、証拠ってのを持ってこいよ、証拠をよ」

　と吐き出すように言ったとき、視界に入った女の姿に目が止まった。

「──あいつだ……間違いねえ」

微《かす》かに笑みを浮かべて富三郎が追いかけようとしたが、熊公が体を張って止めた。

「どきやがれ。あの女に用事があるんだ。どけってんだ」

巨漢を押しやろうとしたが、いくら腕っ節の強い富三郎でも、元力士のバカ力には
なかなか敵《かな》わない。熊公も掘割の橋を渡っていこうとしている女を見やって、

「あの女がどうかしたのか」

「探してたんだ。何処のどいつか……ああ、この手でもう一度、抱きてえ」

阿呆面《あほ》をして富三郎が駆け出そうとすると、

「なんだ、お喜美のことかい」

と熊公が言った。

「えっ……なんてった、熊公親分……」

吃驚《びっくり》した富三郎はすぐに追いかけようとしたが、熊公はその腕を摑んで、

「あの女に用があるなら、いつでも会わせてやる。さあ、番屋に来やがれ」

「だが、あの女は、この辺りの長屋には住んでねえと……」

「そりゃそうだ。両国橋西詰にある大きな料亭『芙蓉亭《ふようてい》』の若女将《わかおかみ》だからよ」

「え……ええッ。本当かよ！」

「なんだ。さっきからバカみてえに吠えやがって、さあ来やがれ」

今度は有無を言わさない態度で、熊公は富三郎を羽交い締めにして、すぐ近くの自身番に連れていくのだった。

その日は、北町同心の古味覚三郎も来て、執拗に調べられたが、元より富三郎には身に覚えのないことである。他の悪さは幾つもやっており、喧嘩で相手が死んだこともあるが、遠い昔の話だ。今更、蒸し返されても割に合わない。そもそも喧嘩を売ってきた相手が悪いのだと、独り合点していた。

「それより、古味の旦那……高山家のご隠居さんも話してたが、羅漢寺の絵馬のことを調べた方がいいんじゃないか。『大江屋』が殺しだとしたら、殺《や》ったのは、闇の殺し屋じゃないかねえ」

「ほう。やけに詳しいじゃないか」

「この際だから言っておくけどよ、高山和馬様も狙われているらしい。なんでか知らねえがね。屋敷に怪しげな女が出入りしている。それが、さっきの女だ」

「誰だ、それは……」

「それが、とろけるような女でな、この世のものではねえ美しさなんだ……熊公親分が知ってやすよ」

富三郎が目尻を下げると、熊公はげんなりした顔で言い返した。

「とろけるかねえ……ま、蓼食《たでく》う虫も好き好きだからな」

「俺をたらし込もうとした女と、和馬様に近づいている女……それを調べた方がよろしいと思いますがね、旦那方……」

富三郎は悪は悪なりに何かを感じたのか、お喜美という女が気になって仕方がなかった。この日は、牢に留められた。

四

翌日、一旦、お解き放ちとなった富三郎は、まっすぐ『芙蓉亭』を訪ねてみた。

若女将のお喜美に会いたいと申し出ると、出てきたのは、船宿で会った女とは似ても似つかぬ女だった。おかめ面だが、妙に愛嬌のある、ふくよかな体が富三郎の好みだった。

ずるっと舌なめずりをしてから、

「——あんたが、お喜美さんかい……お面を取ってみてくれるかなあ」

と富三郎が言うと、若女将は屈託のない笑い声を上げた。

「面白いお人ですこと。お面は取りようがございませんことよ、あはは」

「本当に、お喜美さんなんだな」

「はい。あなた様は？」

「俺は……富三郎ってもんだが……じゃ、仲居さんに、どんな感じかなあ……観音様といってもよいくらいの、眉毛が……」

ああでこうで、鼻の形や目の感じなどを伝えたが、いないとのことだった。

「しかし、熊公親分があんたのことを……見間違うわけないと思うんだがなあ……」

だが、富三郎がよくよく聞いてみると、昨日、見かけた女と同じ刻限に、目の前の若女将も橋を通っていたと話した。

「そうか……だとすると、俺が追いかけようとした女を、あんたと間違えたのかもしれねえな、熊公親分は……」

と富三郎は情けない声で笑った。

「だが、待てよ……お喜美さんだよな……」

「はい……」

「旗本の高山和馬様に助けられて、お屋敷まで手伝いに行ってるかい」

「いいえ。高山様ですか……存じ上げませんが……」

「そうかい……じゃ、別の人か……しかし、あんたの名を騙《かた》ってるってことか。それとも、たまさか同じなのか……」

富三郎は、若女将に詫びてから、〝幻の女〟をさらに探してみることにした。

でたらめに両国橋界隈に住んでいると嘘をついたとも思えない。わざわざ『芙蓉亭』の若女将の名を騙ったとすると、この周辺に馴染みがあるに違いないと、富三郎は思った。

まるで岡っ引のように、あちこち聞き廻って、昔馴染みのやくざ者や賭場に出入りしている奴らにも、お喜美らしき女を知らないかと探した。だが、これといって手掛かりは見つからなかった。

気配に振り返ると、熊公の姿が見える。

「ふん。あんなでかいガタイだと目立ってしょうがないだろうによ」

ひとりごちた富三郎が、ふと路地を曲がると、目の前に、廻り髪結いの道具箱を手にしたお喜美がいるではないか。まるで後光の射す観音様のように、突然に現れた。

「おや。あの時の……」

お喜美はすぐ近くの商家の勝手口を開けて、「さあ」と中に引き込んだ。

「なんだか、追われているようだねえ」

「えっ……」

「さっき、ちらっと見えたんだ。あのでかいのは、岡っ引だろ」

「ああ……知ってるのか」

「やっぱり、ろくなことしてないんだ。でも、ここで会ったのも何かの縁」

お喜美は当然のように、商家の離れの方に連れていった。だが、富三郎もじろじろと、女を見ているので、

「なんだい。人のことを幽霊でも見たようにさ……」

色白の美しい女は、まさに船宿で消えた女である。富三郎は思わず息を飲み込み、

「おめえ……一体、誰なんだ」

「ええっ？　私は私さね」

「ふざけるな。人のことを弄《もてあそ》びやがってよ」

「なんのことだい？」

「名は何てんだ」

「だから、名前なんて、どうでもいいだろ。何をそんなに拘《こだわ》ってんだい」

「お喜美ってんじゃねえのかい」

「……」

「しかも、高山様のお屋敷に入り込んで、何かを企んでやがる。ああ、ご隠居の吉右衛門さんに、おまえを探すように頼まれたんだ。まさか、船宿で逢瀬を楽しんだ女だとは、思ってもみなかったがな」

「ええ、私の名前はお喜美ですよ。あの時、名乗るのは野暮って話したじゃないか」

お喜美が微笑み返すと、富三郎は疑わしい目になって、

「白《しら》っとした面しやがって……お喜美ってのは、嘘だろうが。その名前は、『芙蓉亭』の若女将の名前じゃねえか」

「そうなんですか。偶然ですねえ」

「てめえ……一体、何が狙いで俺に近づいてきたんだ。高山の旦那にだって、そうだ。金まで払って、浪人者たちに襲われたふりをして、どんな魂胆が……」

「シッ――」

紅い唇を富三郎の頬の傷口に近づけて、

「追われてるんでしょ、岡っ引に……ほら、すぐそこの路地を探し廻ってる。さ、こっちへおいでなさいな」

と手を引いた。

この屋敷は廻り髪結いで何度も来ており〝勝手知ったる〟で、さらに蔵の裏手の細

い隙間を抜けて、大川《おおかわ》沿いの船着場まで出た。そこには、待っていたかのように屋根船が停泊している。お喜美は富三郎の手を引いて、乗せようとした。

「おい……何の真似だ……」

「お上から守ってあげたくてさ……人殺しで追われてるんでしょ」

「！……」

「あちこちに人相書きがあるからね。もし、今度捕まったら、一巻の終わりだよ」

「いや。俺は疑いが晴れて……」

自身番から出てよいと言われたのだと、富三郎は言い訳をしたが、

「バカだねえ。それは泳がされてるんだよ。今度はしょうもない罪を見咎められて、大番屋に連れていかれるんだろうさ。大番屋は自身番と違って、吟味方与力が来るからねえ……拷問にかけられて、やってないことまで〝白状〟させられちまうよ」

と一気に話してから、「あ、来たよ」と一方を向いた。

人混みの中に、一際大きな熊公の姿が見えた。お喜美に、屋根船の中に押しやられた富三郎は、なされるがままに座敷に座った。軽く揺れる船の艫《とも》の方を見やったお喜美は、

「やっとくれ」

と船頭に声をかけた。

黒っぽい頬被りをしている船頭は、「へい」と頷いて、ゆっくりと艪《ろ》を漕ぎ始めた。

改めて振り返ると、舳先《へさき》に近い方に座ったお喜美はあの時と同じ微笑を浮かべており、地味な柄《がら》の着物なのに艶やかに見えた。

「──おまえさんこそ、嘘つきなんだねえ……」

「どうしてだい」

「私のことを探してたような口ぶりだったけど……高山様に何か頼まれてたんだね」

「不都合なことでもあるのかい」

「いいえ。私としては、高山様とおまえさんみたいな遊び人風の人が知り合いとは、思ってもみなかったのでね」

それも本当か嘘か分からぬような、お喜美の言い草に、富三郎は少し苛立《いらだ》って、

「じゃ、本当のことを聞かせて貰おうか。この前は、名乗りもしなかったが、本当は何処の誰なんだ。足を挫《くじ》いたふりまでして、どうして俺なんかに近づいたんだ」

「近づいた……？」

「じゃなきゃ、なんだ。本当に行きずりの火遊びをしたかったわけじゃあるめえ」

「──本当に野暮だねえ……」

お喜美はまた曖昧な笑みを浮かべると、

「実はこっちもね、兄さんのことを探してたんだよ……あのまんま別れたけれど、火照った体をどうしてよいか分からずにさ」

「危ねえ、危ねえ。そうやって、男を誑《たぶら》かして、狙いは何なんだ、ええ？」

「ただ抱かれたいだけさね」

「嘘をつくな。高山家では、子供たちのために料理まで作ってる、人の好いお姉さんぶりを発揮しているらしいじゃないか」

「兄さん……人ってのは、色々な顔があっていいんじゃないかい……真面目に働いてばかりじゃ疲れちまう。酒を飲んでハメを外したり、賭け事をして憂さを晴らしたり……」

「…………」

「私のように来る日も来る日も、人様の髪を丁寧に結う仕事をしていると、もっと役に立つこともしたいと思うし、逆に兄さんみたいな人と淫らなこともしたくなる……高山の旦那だって、顔はひとつじゃないよ。もちろん、ご隠居さんだってね」

お喜美は、ふたりの別の顔でも知っているかのように言った。富三郎はたしかに、高山和馬と吉右衛門はいずれも、不思議な存在であると改めて思った。

貧乏旗本であるにも拘《かか》わらず、人様に何かと施しをしているのは良いとして、その本音や正体が分からない。和馬はその気になれば、何らかの役職に就くことだってできるはずなのに、自由気儘に暮らしている。かといって風流を気取っているわけではない。ただただ、近在の人々の手助けをしている。

ご隠居の吉右衛門にしても、凄腕であることは富三郎も目《ま》の当たりにしたし、他にも噂ではあるが、老中や若年寄ら幕府の偉い人でも下にも置かぬ御仁《ごじん》だと聞いたことがある。逆に、タチの悪いやくざ者に対しても、堂々と不始末を片付けている。

——妙といえば、妙なふたりだ……。

と富三郎は感じていた。

その思いが通じたかのように、お喜美は涼しい顔で微笑んで、

「私もそんなところかねえ……不思議な高山和馬様とご隠居さんの善行に、ちょいとばかり触れてみたかったんだ……」

と言ったが、それも本音かどうか、富三郎には測りかねた。

お喜美はくすりと息を吸い込むように笑いながら、衣擦《きぬず》れの音をさせて着物を脱ぎ始め、赤い襦袢《じゅばん》姿になった。富三郎はごくりと生唾を呑んで、黙って見ていた。

隅田川から江戸湾の方に下ってきたのであろう。船は少し揺れ始めて、隙間から入

ってくる風のせいか、お喜美の髪も微《かす》かに揺れている。まだ昼間だというのに、屋根船の中は薄い段幕を張っているせいか、行灯《あんどん》のない部屋のように薄暗い。

「――どうする気だ……」

「ふん。せっかちだねえ……慌てるなんとかは貰いが少ないっていうだろう」

お喜美はさらに舳先に近い方に近づいて、障子戸を開けると、その向こうに、ふわりと湯気が立ち広がった。そこには、丸い大きな桶があり、湯が満ち満ちて溢れている。

「これは、湯船だったのかい……」

富三郎は溜息混じりで眺めた。湯桶に浸かって、舳先から海や川を眺めながら暖を取るのは、ちょっとした贅沢な気分を味わえた。

本来は文字どおり、湯を運ぶ舟で、銭湯《ぜにゆ》が遠くて通《かよ》いにくい、川辺に住む人々のために営んでいた、いわば水上の湯屋である。だが、船宿によっては、こうした湯船を出して、出会い茶屋代わりに使わせていたのである。

「湯船まで仕立ててたとは……まさか、俺がおまえを探しているのを知ってて、こんな真似をしたんじゃあるめえな」

「随分とうぬぼれやさんだね。たまさかですよ。これは、毎日、真面目に働いている自分への褒美さね。たまには、ゆっくりと体を休めないとさ……兄さんも一緒に入ろうよ」

「俺も……」

「誰も見てやしないよ、うふふ……」

明らかに誘っている。船頭がいるとはいえ、ふたりだけだから誰にも遠慮はいらないと、お喜美は言う。波に揺れながら、扱《しご》き帯をほどくと襦袢を脱ぎ捨てた。

露わになったのは、着物の上から見たよりも張りのある体で、形のよい尻だった。

それでも、小娘のようにあっけらかんと湯に入る女を見て、富三郎は得体の知れない恐れすら感じていた。たまさか会っただけの男を挑発しているのか、それとも他に狙いがあるのか……。

「何をぐずぐずしてんのさ。せっかくだから一緒に入ろうよ」

湯桶は意外と大きく、お喜美に誘われるままに、富三郎は程良い加減の湯に浸り、顔だけは潮風にさらしているうちに、体の力が抜けてきた。お喜美は顎《あご》まで湯に沈め、飽きることなく、遠くの富士山を眺めている。

「——やっぱり、海辺からの富士のお山が一番いいね……本当に綺麗……」

溜息まじりに、お喜美が言うと、富三郎も振り向いて仰ぎ見た。

「本当だな……」

「夜はまたいいんだよ。星がきらめいて、昼間の穢《けが》れた世の中なんか、綺麗サッパリ清めてくれるんだよ」

「そんなもんかねえ」

富三郎が富士や空を見上げ、

「俺なんざ、遠くの山も星空も月も、ろくに見たことなんかねえなあ……足下に何か落ちてねえかと這いずってるような暮らしだ」

「心が貧しいねえ……楽しみは自分で探すもんだよ」

何もかもを悟ったようなお喜美に目を戻し、富三郎はニンマリと笑って、

「俺には富士山より、おまえの肌の方が眩しいがねえ……そんなおまえの楽しみは何なんだ。男を連れ込んで、こうしてお大尽気分と洒落込むのが楽しみかい」

遠くを眺めながら、お喜美はぽつり言った。

「そうねえ……一度っきりの人生だから、今を楽しまなきゃね。おまえさんも、そうなんだろ……お釈迦さんだって言ってんじゃないか。地獄も極楽も、ここにあるって」

「え……？」

少しだけ蓮っ葉に変わったお喜美の横顔は、富三郎の心に触れた。気がかりなのは、美しい顔だちでも、白い肌でもなく、自分と同じような〝悪たれ〟な血が流れていると感じたからだろうか。

——観音様のような面の下で、餓鬼《がき》地獄や炎熱《えんねつ》地獄に引きずり下ろされるような女に出会ってみたかった。

富三郎はそんな思いに駆られると、お喜美が畜生に見えて、飛びかかりたい衝動に駆られた。全身の熱い血が逆流したかのように、富三郎が抱こうとすると、お喜美はその顔に湯を掌《てのひら》でかけて、

「でもね……自分が楽しむために、人様に迷惑をかけるのは、私の美徳に反するんだよ。殺しや盗みなんざ、人のやることじゃない。もちろん、女を手籠めにすることもね」

「ふん。今度は観音様気取りか……」

富三郎は湯桶の中で立ち上がると、乱暴にお喜美の二の腕を摑んで、

「じらされるのは、もう御免だぜ。なあ、やることをさっさとやろうぜ」

と抱え上げて、湯から座敷に運んだ。お喜美は抗《あらが》いもせず、含み笑いのまま、富三郎の為すがままにされていた。

船頭は素知らぬ顔で、艫に腰掛けて、煙管を吹かしている。あまりにも平然としているので、富三郎は訝《いぶか》った。

「おまえ、舟まんじゅうじゃねえだろうな。船頭と組んで、そんな商売を……」

「さあ、どうかしらね……源蔵《げんぞう》さん、もっと沖まで出しておくれな」

お喜美は、仰向けに裸体を投げ出したまま、船頭の名を呼んだ。そして、富三郎のことを、潤んだ瞳でじっと見ていた。

「女髪結いには、女郎まがいのことをするのも多いからな。今日の稼ぎも、その類じゃねえのかい？」

「だったら、どうなんだえ？」

お喜美は吹き出すように笑って、

「つまらないこと考えてたんじゃ、折角《せっかく》の立派なものが萎えちまうよ」

と足を搦《から》めてきた。湯あがりの肉付きのよい肌は、しっとり吸いついてきた。富三郎は、お喜美の内腿の刺激を軽く受け入れていたが、やがて甘美な快感が広がった。

お喜美は憂いを帯びた微笑みに変わった。

「――本当に、いいんだな」

「だから、野暮はなしだよ……」

頷くお喜美の体に、富三郎は呻くような声をあげながら、荒々しく顔を埋めた。どちらからともなく嫌らしい声を洩らすと、お喜美の体は痙攣したように動いた。聞こえるか聞こえないかくらいの甘嚙みする声で、お喜美は富三郎の欲情を刺激しながら、体の上下を替えて馬乗りになった。

「良い塩梅だ……お喜美……おめえは、本当に、いい女だぜ」

気持ち良さそうに目と閉じ、富三郎が少しだけ唇《くちびる》を開けた途端、上顎の内側が急にひんやりしてチクリと痛みが走った。

「!?——」

馬乗りの姿勢のまま、お喜美は銀簪を富三郎の口の中に突っ込み、喉の奥を突こうとしたのだ。ピタリと動きが止まったが、富三郎は何事だと目を見開いた。

お喜美は微笑みを洩らしたまま、

「このまま押し込んだら、どうなるか分かるわよねえ」

「な、なッ……!」

声にならず、富三郎は喘《あえ》いだ。

「殺されたくなかったら、言うことを聞いてくれるかい」

「…………」

「あんたも女の敵だけれど、高山和馬はもっと酷い奴なんだよ」

「う、うう……」

「でも、あいつは、あんたと違って色仕掛けが通じないんだ……だからさ、せっかくだから、ご隠居とも仲良しなら、あいつに近づいて、ひと思いに殺してくれないかい」

どういうことだ——と言いたげな富三郎だが、ふいにお喜美の表情が硬くなって、さらに閻魔《えんま》のような形相に変わった。

「高山和馬を殺すか、ここであんたが殺されるか……どっちかだ」

「……」

「下手《へた》な小細工しても意味がないよ」

お喜美が言うと、艫にいる船頭がコツンと煙管を船縁《ふなべり》で叩いて鳴らした。

「あんたも、それなりに裏渡世を知ってるのなら、分かるだろ……私たちからは逃げられないってことだよ。さあ、どうする」

仰向《あおむ》けに寝たままの富三郎は、馬乗りのまま簪を突きつけているお喜美の顔を、カッと目を見開いて見ていた。そして、何度も頷くように微かに顎と刀傷のある頰を動かした。

お喜美の銀簪はギラギラと燦《きら》めいていた。

五

高山家に、富三郎が姿を現したのは、その翌日のことだった。吉右衛門に、女の正体が分かったと伝えるためだった。だが、吉右衛門はいつもの薬配りなどの奉仕のために、留守にしていた。

相変わらず、高山家の中庭には、近在の貧しい人たちが集まっており、まるで〝施薬院〟のような様子だった。中には、天保《てんぽう》の飢饉の煽《あお》りを受け、村自体がなくなって、江戸に日銭稼ぎに出てきた農民もいた。しかし、思うように仕事にありつけず、炊き出しをあてにするしかない人も少なからずいたのだ。

深川診療所の方も忙しいのであろう。今日は千晶の姿はなく、近くの長屋のおかみさん連中が手伝いに来ていた。

和馬は、蔵や炭小屋がある裏庭の片隅で、薪割《まきわ》りをしていた。剣術は苦手だと言いながらも、鍛錬をしているだけあって、斧《おの》を使っての薪割りは上手《うま》いものだった。

富三郎は殊勝な顔をして、

「あっしにも何かできることは、ありやせんかね」

と和馬に声をかけた。

「おう、富三郎か……今日は吉右衛門は留守にしてるが……」

「さいですか……」

「飯なら、みんなと一緒に食ってくれ。酒も少しながら厨房にあるので、勝手に飲んでいいぞ。だが、暴れないようにな」

冗談混じりに言うと、富三郎は真剣な顔のまま、

「いえ。さすがに、真っ昼間からは……」

と言った。いつもと声の調子が違うのを、和馬は感じたのであろう。富三郎を振り返って、「どうした」と訊いた。

「いえ、なんでも……」

富三郎は誤魔化すように頭を掻きながら、周りを見廻した。誰も、ふたりの方を見ていないのを確認するようにしながら、

「お喜美って女は、来てないようですねえ」

「ああ。何度か来たが、それっきりだ……なんだ、おまえ、知ってるのか」

「いえ……若様が、ご執心なようなので、ちょいと調べてくれと、吉右衛門さんに頼

まれてましてね」

「そうなのか。バカだな。そんなんじゃないのに」

「では、どうお考えで……」

富三郎は話しかけながら背後に廻り、間合いを取って、懐に隠している匕首をしっかりと握りしめた。

「どうって……いい女だなと思ってな」

和馬は薪割りに戻った。パカンパカンと小気味よく、丸太を叩き裂いていきながら、

「で、何か分かったのかい」

「え……」

「お喜美のことだよ。あまり幸せな感じでもなさそうだったのでな。うちにいて、恵まれない者の手助けでもしていれば、少しは心が晴れるのではないかと思ったのだが……余計なお世話だったかな」

「…………」

「何処の誰か、分かったのかい」

「いえ、それが……あっしとしたことが、相済みません……」

「そうか。なら、仕方がないな。縁がなかったと諦めよう。何処かで幸せに暮らして

いてくれれば、それでいいのだが」

　富三郎はもう一度、辺りを見廻してから、匕首を鞘《さや》からそっと抜いた。すると、パカンと猛烈な音がした直後、ブンと空を切って、斧が飛んできて、富三郎の足下の地面にグサリと突き立った。

「うわッ――――！」

　思わず富三郎は飛び退いたが、和馬は慌てて駈け寄り、

「すまん、すまんッ。手が滑ってしまった……申し訳ない。いやあ、危なかった……おまえが鈍い奴なら、頭か腹に大怪我させてたかもしれぬな……このとおりだ、済まぬ」

　と言いながらも、相手の懐にぐいと掌をあてがって、物陰に押しやった。そして、和馬は静かに、だがドスの利いた声で、

「それを抜いたら、この場でぶった斬るぞ。おまえ……俺の何を調べてやがる。お喜美って女もそうだ。俺の昔のことを調べて、どうするつもりだ」

「えっ……」

　和馬の変貌に、富三郎は言葉を失った。

「俺が何処で誰を手籠めにしようと、おまえの知ったことじゃなかろう……それとも、

大川に浮かびたいか」

「！……」

「どうせ、おまえもろくなことをして生きてこなかった輩だろうが、女を食い物にするに物足らず、人殺しもしようってか」

「ち、違う……」

「何が違うのだ。この匕首をドテッ腹に刺してやろうか」

さらに強く手で押さえる和馬の顔は、ふだんとはまったく違う鬼の形相だった。

「ま、待ってくれ……」

「情けねえ面しやがって。どうせ、お喜美とやらに、金タマを引っこ抜かれたか。今度、会ったら言っておけ。俺を殺したきゃ、てめえで、堂々と仕掛けてこいってな」

和馬がそう言って突き飛ばすと、富三郎は顔から血の気が引いて、そのまま走って逃げ出した。裏手から路地に抜け出て、さらに横川に繋がる細い通りに向かっていると、その前に、お喜美が立った。

「!?――」

振り返ると、湯船の船頭をしていた男も近づいてきている。

「む、無駄だ……お喜美……和馬の旦那は、おまえの正体を見抜いているようだぞ。

殺すなら、堂々とかかってきやがれって、俺に耳打ちしたんだ……」

「……………」

「く、来るな……俺には関わりねえ……」

富三郎は近くの細い路地に飛び込んだ。蟹這《かにば》いをしてようやく通れるような路地だったが、必死に這うように掘割沿いの道に飛び出した。だが、お喜美たちが近づいてくる姿が見える。

「しつこい奴らだ……」

このまま掘割に飛び込んで逃げようと思ったとき、背後からガッと羽交い締めにされた。熊公である。それは、大熊だった。

「は、放しやがれッ！」

「そうはいかねえな……もう一度、じっくりと『大江屋』殺しについて聞かせて貰う」

と言う大熊の後ろから、古味が来て、十手でコツンと富三郎の頭を叩いた。

「おまえは、『大江屋』の後家になった内儀と、その前から通じてたらしいな。夜な夜な夜這いをしてよ」

「！……」

「内儀はぜんぶ吐いたぜ。おまえに殺してくれと頼んだってな。だが、利用されただけだ。内儀には本当は別に惚れた男がいた。それが番頭だとよ……世間じゃ、よくある話だ」

「し、知るけえ。そんな作り話……」

「――かどうかは、番屋でじっくり調べる。さあ、来やがれ」

さらに十手で小突くと、富三郎は周りを見廻しながら悲痛な声で、

「それより、あいつらをとっ捕まえて調べろ！　殺し屋だぞ。そんな奴らを放っといていいのか！　俺が『大江屋』の主人を突き落としたからって、なんだってんだ。勝手に死んだだけじゃねえか、このやろう！」

と喚き散らしていたが、お喜美の姿はどこにもなかった。


その夕暮れ――吉右衛門が高山家の屋敷に帰ってくると、行灯明かりもなく、炊き出しの鍋なども片付いていないままだった。

「なんだ……だらしがないねえ……」

吉右衛門が独り言を呟いて、縁側から上がろうとすると、座敷に座っている人影があった。薄暗い中で、ぽつねんと座っているのは、千晶であった。

「おや……どうしました、こんな所で。働き過ぎで、お腹が空いたのですか」

いつものように、吉右衛門は軽口をかけたが、千晶は俯《うつむ》いたままである。だらりと手を下げて、崩れるように座っている。よく見ると、着物の衿や裾が激しくはだけていた。しかも、泣きべそをかいている。

「何があったんだね、千晶……」

「――か、和馬様に……手籠めにされそうになりました……」

「まさか。悪い冗談はいけませんよ」

「本当です……ご隠居さんだって、本当は調べていたんでしょ。和馬様のこと……」

「いや、それは……」

どう答えてよいか困った吉右衛門は、口ごもると、千晶の方が切《せつ》なそうに語った。

「私ね……何度か来たお喜美さんて人のことを尋ねたんです。そしたら、『おまえには関わりないだろ』って、凄く嫌な顔されました。いつもの和馬様とは違った感じで……」

「そうなのか……」

千晶が和馬に対して密かに恋心を抱いていることを、吉右衛門は百も承知している。和馬の返答がつれなくて落ち込んでいるのだと思った。それにしても、あまりにも悲痛な顔だし、着物が乱れているのは尋常ではなかった。

「和馬様が色んな女に手を出してるという噂は、私も誰かから聞きました。ご隠居さんが、ちょっと私に話したことも、冗談だと思ってましたが……『本当に手籠めにしたりしているの？　だから、羅漢寺の絵馬に怨み言を書かれたの？』と訊いたら、和馬様……突然、私に襲いかかってきて……」

怖い顔で着物を剝がされ、床に押し倒され、手籠めにされそうになったというのだ。

「まさか、和馬様がそんなこと……」

「本当です。そんなことで嘘をついて、どうするのですか」

「…………」

「和馬様は『おまえは俺に惚れてるんだろ。だったら、抱いてやろうじゃないか。何を今更、生娘《きむすめ》みたいに恥じらってんだ、この売女《ばいた》ッ』って罵《ののし》って……私、恐かった……激しく抵抗してたら、ふいに手を止めました」

「止めた……」

「人の気配を感じたようで……中庭を見たら、お喜美さんが立ってました」

「お喜美が……かい」

「はい。そしたら、和馬様、ころっと態度が変わって、『違うんだよ、お喜美さん……こいつが、俺に抱いてくれって迫ってくるものだから、断ってたんだよ……なあ、お喜美さん、本当だよ。俺は、そんな変な男じゃないよ。信じてくれよ……』と言いながら……屋敷から出ていくお喜美さんを追いかけていきました」

その時の恥ずかしい気持ちや、和馬の情けない態度を、千晶は憎々しげに語った。

「——百年の恋も冷めてしまいました……ご隠居さん……和馬様って本当は、あんな人だったんですか……それとも、お喜美さんに魂まで抜かれてしまったのかしら」

「はてさて……私もそんな人間とは思ってはおりませぬがな……で、何処へ行ったか分かりますか、和馬様は」

千晶を労《いたわ》りながらも、吉右衛門は心配そうに訊いた。

「さあ……今頃、和馬様は必死に口説《くど》いてるんじゃありませんか……私と違って、綺麗だし、どことなく寂しそうだし……そういう人に殿方は惹かれるのでしょうね」

投げやりに言ってから、千晶は逃げるように立ち去った。

「これ、千晶……待ちなさい。そんな姿では、これ……」

「もういいです。ご隠居さんともこれっきり、深川診療所にも来ないで下さい。薬配りもしないで下さい」

さよならと言って、千晶は宵闇に消えていった。

「――困ったものじゃ……」

吉右衛門は懐から例の絵馬を取り出した。そこに書かれている恨みがましい文字をじっと見つめながら、吉右衛門は居ても立ってもいられないように立ち上がった。

六

なんとも言えぬ芳《かぐわ》しい匂いが、お喜美の髪から漂ってくる。湯上がりのせいか、襦袢の下の肢体は温かくて柔らかい。

「さあ、飲んで下さいな……和馬様……」

お喜美は吸いつくような肌を、和馬に擦り寄せながら酒を勧めた。

「野暮なことに下戸《げこ》でな」

「嘘ばっかり……」

「本当だ。おちょこ一、二杯でもうクラクラで倒れてしまう」

「あら、それは残念なこと……私は戴きますからね」

手酌で一杯やりながら、お喜美は艶やかな表情で微笑んだ。

ここは、富三郎を誘い込んだのと同じ、〝湯船〟である。船底で音を立てる波音が、逢瀬を楽しむ男と女の鼓動に聞こえた。

「ここが、お喜美……おまえの定宿《じょうやど》ってわけか。何処を探しても分からぬはずだ」

「おや。探してたのですか」

「そりゃ、そうだ。会ったとたんに、一目惚れだ……まさか、俺の屋敷に現れるとは、夢のようだった。なのに、ふいに来なくなって、こっちは胸がずっと痛かった」

「嘘でしょ。そんな素振り、ちっとも見せなかったくせに」

「屋敷には大勢来るからな。人前では……」

「でも、本当は親切で優しくて、誰からも慕われてる旗本の若様なんでしょ。通りすがりの女には興味なんぞないでしょうに」

「親切で優しいねえ……ふん」

和馬は嘲《あざけ》るように笑って、お喜美を乱暴に抱き寄せた。

「だって、ご隠居さんだって、あなたのようないい人はいないって、誠心誠意、御奉公しているのでしょ。近所では評判ですよ」

「――なんだか知らないが、あいつが来てから調子がおかしい……」

「あら、どうして」

「俺のことを、なけなしの金を使ってまで、人助けをする良い人間だと思い込んでるようだが……これには、ちょっとしたカラクリがあってな。金を使わないと、翌年の俸禄が減ってしまうのだ」

「おや、そうなんですか。お武家の内情のことは、ちっとも分からないから」

「つまらぬ仕事だ。役職なんぞに就いたら、もっと悲惨だ。毎日、堅苦しい裃《かみしも》姿で登城し、上役には気を使い、日がな一日、どうでもいい書類を前に座ってなきゃならない。なぜ、そんなことをしたいのか、俺にはまったく分からぬな」

「だから、浪人のような暮らしを？」

「浪人は浪人で大変だ。実入りがないのだから、内職にはげむか、用心棒をするか、さもなきゃ、物乞いの真似事をしなきゃならない。だから、無役の旗本ってのが、一番、気楽なんだよ」

「へえ。私らから見たら、優雅なもんだ」

「だが、俺たちみたいな小普請《こぶしん》旗本は、無役だとバカにされる。だからだよ、親切なふりをしているのは」

「親切なふり……」

「困窮した者たちに金を配ったところで、俺が働いて稼いだ金じゃない。百姓から取り上げた年貢だから、こっちの懐は何も痛むわけでもないしな。親切を施していれば、無役の旗本でも、少々の悪さをしていても……ふん、免罪符《めんざいふ》みたいなもんだ」

「免罪符……」

「ああ。そうだ……だから、たまにはハメを外して、悪さでもしなきゃ、人間、心が腐ってしまうのだよ」

「へえ……そうですか。自分の心を腐らせないために、次々と女を手籠めに……」

お喜美の目がわずかに真剣な色に変わったが、和馬はさして気にも留めず、お喜美の唇を吸い寄せた。お喜美の方も、しぜんに任せた。眉間を寄せながらも、お喜美は腕を搦めて、腰を寄せていった。

和馬は苦悶するようなお喜美の上目遣いを見ながら、さらに抱きしめた。お喜美の張りつめた体から、良い匂いが沸き上がる。和馬は欲望の塊《かたまり》を叩きつけようとした。

寸前、お喜美が腰を引いて、ぎゅっと和馬の下っ腹を両足で抱え込んだ。

「――焦《あせ》んなさんな。時はたっぷりあんだからさあ」

蓮っ葉な口振りになったお喜美は、和馬の体を下にした。なされるままに反転した和馬は、お喜美の強烈な口吸いに、はからずも幻惑しそうになった。

「おまえも、なかなか強引だな、お喜美……」

和馬も悪ぶって言い返した。

「どうだかねえ……何人もの女を凌辱してきた和馬様には、到底、敵《かな》いませんよ。あなたに攻められたら、私なんざ蛇《へび》に睨《にら》まれた蛙《かえる》……ふふ、そうでしょ」

お喜美は薄目で、和馬が愉悦に陥っていく姿をたしかめるように、指を羽《はね》のように這わせ、しなやかに和馬の体を撫でた。

「不思議な女だな……おまえって奴は……こっちの方が手籠めにされてる気分だぜ」

和馬が起き上がろうとするのを、無理に押さえつけるなり、お喜美はいきなり「うっ、うっ」と喉の奥で声を鳴らしながら、和馬の口を吸った。和馬が、その蕩《とろ》けそうな目で鱸を見やると、障子越しに船頭の影が見えた。船頭は煙管から煙を吐いているようだった。

「見られてるんじゃないか、船頭に」

「だからこそ……燃えるんじゃないさあ」

くぐもった声で言うと、お喜美の肢体も赤裸々に動き、妖艶な声が大きくなっていく。和馬の体も張り詰めてゆく。

「お喜美……惚れたぜ……おまえっていう女は……たまらないぜ」

「私も、こうなるのを夢見てたんだよ」

「本当か……本当に……俺に惚れたのか？」

「なんだねえ、そんなことまで言わせる気かい……」

「俺は惚れた」

　と和馬はハッキリと言った。

「こんなこと、女に向かって言ったのは初めてだぜ」

　お喜美は甘い飴でも口に含んだように微笑むと、「嘘ばっかり」と呟いた。

「惚れた。上手く言えないが、こんな気持ちは初めてだ」

　和馬は真面目な顔を近づけると、お喜美はするりと抜けて、

「どうせ、他の女も、そう言ってたぶらかしてきたんだろ？」

「…………」

　お喜美はじっと和馬を見ている。

「俺とおまえじゃ、生まれも育ちも違うかもしれぬが……俺は世の中を怨んで、生きてるわけじゃない。真面目な方だと思うぜ。だけど、ちょっとした悪事なら、したっていいではないか。どうせ公儀の役人や金の余ってる御用商人なんざ、俺たちが思いもつかねえような悪さを山ほどやってんだ」

「それで……？」

　お喜美の目が鈍い光を帯びてくると、和馬は気弱げに目を伏せて、

「俺はもう二度と、女を手籠めにしたりしない。おまえに会って、そう思ったんだ。嘘じゃない。おめえと一緒なら、もう少し、まっとうな旗本になれる気がしてな」

和馬は本心からそう思っていると言うと、お喜美は妖艶な目つきのままで、

「散々、女を食い物にしてきたのに、信じられないね」

「そんな言い草は酷いだろう……誰にだって、人に言えないことのひとつやふたつ、あるんじゃないか。おまえだって……」

「私だって、何……」

「男を食い物にしてきたのではないのか……」

「和馬様……女が男を好きになるってことは、どういうことだか分かるかい？」

「難しいことを訊くな、こんな時に……」

「女が男に惚れるってのはね、その男を独り占めにしたいってことなんだ」

「ああ、嫌になるほど、そんな目にあったがな、相手がおまえなら文句はない。おまえ以外に女はいらないよ」

「さあ、どうだかね」

と首を傾げるお喜美の目が、かすかに悪戯っぽく陰った。

「疑り深いのだな」

お喜美はもう一度、口吸いを求めてきてから、

「答えてよ……どれくらい女を捨ててきたんだい？」

和馬が答えないでいると、さらにお喜美はしがみついてきた。甘酸っぱい胸元に、和馬が唇を這わせると、夜風がゆっくり入ってきて、ふたりを包んだ。

「俺は今、おまえのことしか頭にないんだ。だから、もう言うな……」

和馬は、お喜美のとろけるような肌に沈みそうになった。が、お喜美の目つきに鋭いものが走った。

「じゃあ、訊き直すよ……何人の女を殺したんだい」

「なんだって」

「女を何人殺したって訊いたのよ」

目を細めて和馬を見やるお喜美に、ばかを言うなと少しムキになった。

「女殺しなんでしょ」

「――女殺しか……そう言われたら、男冥利《みょうり》に尽きるというものだ」

和馬は、乱暴にお喜美から襦袢を剝ぎ取ると、組み伏せるように抱きついた。お喜美は不思議と抗《あらが》わない。和馬は獲物に食いつく獣になって、お喜美の体を舐め廻し、体中の血が逆流するほど熱くなった。

しかし、お喜美は目を見開いたままだ。ほとばしる和馬の激情とは対照的に、冷静に見つめていた。すると、お喜美の指が突然、鋼のような強さで、和馬の肩を押さえつけた。

我慢のできない痛みが全身に走った。

「?!……」

和馬は驚いた目になったが、お喜美は冷ややかな瞳のままで、素早く身を翻《ひるがえ》すように馬乗りになった。細身の女のくせに、並の男では敵わぬくらい強い力であった。

「どうしたのだ……」

お喜美はしばらく、和馬を見下ろしていたが、突如、低い声で言った。臓腑《はらわた》を抉《えぐ》るような響きだった。

「てめえのような男は、この世から消してやるよ」

和馬は身の危険を感じたが、お喜美はすでに銀簪を右手で抜いて、和馬の喉元にあてがっていた。富三郎に仕掛けたことと、同じ鋭い手筋である。

「……お、おい」

和馬は腰をずらそうとしたが、お喜美の白い両股にガッと挟まれて、微動だにしない。じわり、和馬の額《ひたい》に汗が滲んだ。

「女の怨み、晴らします」

　お喜美は穏やかな声で言った。

「奉行所が見落としても、お天道様は見てるんだ。あんたの悪事のすべてをね」

「…………」

「若い娘をたぶらかしては、女の心と体を弄《もてあそ》び、邪魔になったら殺して、次から次へと女を替えていく」

「待て……」

「女たちはみんな心底、あんたに惚れてたらしいよ。惚れた相手に殺されるのが、どんなに悲しいことか分かるかえ」

　お喜美の目が鬼のように吊り上がった。

「おまえは、何者なのだ……」

「女の怨みを請け負う者さね。金で女の怨みを晴らすという〝闇の処刑人〟がいることくらい、旗本なんだから、聞いたことあるだろう」

「俺は何も知らぬ……」

「みんな、そう言うんだよ……だけど、羅漢寺の羅漢様たちはみんな先刻承知なんだ……その羅漢様たちの許しを得て、生きていても仕方がない奴を始末してるのさ」

「…………」

「今度の獲物は、あんただった……もちろん、怨みを晴らす前に、色々と私なりに調べるがね……あんたは今し方も、女に阿漕《あこぎ》なことをしたと自分から語った」

「待て、お喜美……俺は心底、おまえのことを……今度こそ、今度こそ生まれ変われると思ったのに……」

「ああ、生まれ変わりな」

お喜美の目がカッと開いて、銀簪を和馬の喉に突き立てた。

かに見えたが――簪の先がグサリと突き抜けたのは、その下の枕だった。

「!?――」

振り返ったお喜美の前には、和馬が悠然と立っていた。驚いたお喜美はすぐに腹をめがけて銀簪で突きかかったが、次の瞬間、床に倒されて後ろ手を取られ、組み伏せられた。

「ち、ちくしょう……放しやがれッ……源蔵！　やっちまいな！」

お喜美が悲痛に叫んだとき、障子窓を開けて乗り込んできた船頭は、熊公だった。

体が大きいから、天井に軽く頭を打って、自分で「痛えなあ、このやろう」と苛ついた。

その声に驚いたお喜美が、首を思い切り曲げて見ると、船頭ではないから目をパチクリとさせていたが、

「──もしかして……だ、騙《だま》したなッ」

と掠《かす》れた声を吐いた。

「遅いぞ、熊公……下手《へた》したら、こっちの喉に風穴が空いてた」

「いえ、なに……旦那も結構、楽しんでいた様子だったんで、どうしようかなあ、なんて思っていたところなんです」

熊公は裸同然のお喜美を押さえつけて、縄でぐるぐる巻きにした。

「おいおい。そんなにきつく縛ることはあるまい。折角の肌が傷つくじゃないか」

和馬は縛られたお喜美の体の上に、着物を掛けてやった。

「ふんッ……」

お喜美は諦めたように抗いもしなかったが、ふと寂しそうな顔になって、

「こっちもちょいと気持ちがグラッとなって、本気で惚れそうになったのにさ……ぜんぶ罠《わな》だったってわけかい」

と切ない声で言った。

「女の殺し屋がいると聞いてな。始末をしろと、さる御仁からお達しがきていたの

だ」

「さる御仁……」

「ま、いずれ、お白洲《しらす》でお目にかかるだろう……たとえ悪党とはいえ、法で裁くこともなく殺すことなど、あってはならぬことだ」

「…………」

「極悪非道な奴が相手でもだ。お白洲で裁いても、間違いがないとはいえないだろう。ましてや、被害を受けた者の思い込みや噂話では、証拠にもなるまいに……現にこうして、俺のことを間違って殺そうとした」

「ふざけるな。それこそ私は、あんたを殺してない。お互い楽しむためのお遊びだったんじゃないのかい。寝床に刃物を持ち込んで、その緊張の中で、気持ちいい事をする趣向が好きな客は、幾らでもいたけどねえ」

お喜美は悪態をついたが、近くの船着場で〝湯船〟から降りたとき、船頭の源蔵も縛られている姿を見て、自分のこれまでの人生が去来したのか、悔しそうに泣き出して、いつまでも嗚咽《おえつ》していた。

その日は、和馬も町奉行所まで同行して、事情を伝えた。吉右衛門に全てを話したのは、翌朝になってからである。

「何を今更……」

吉右衛門は、それこそ亭主に裏切られた女房のような顔で、ふて腐れていた。

「敵を欺《あざむ》くには味方から……というではないか。おまえが深く関わると、敵に気付かれたかもしれぬからな」

「さいですか……しかし、何か企《たくら》んでいるとは、気付いてましたよ」

と言って、吉右衛門は例の絵馬を差し出した。

「ここに書かれている文字は、崩してはありますが、改めてよく見てみると、ハネやトメなどに癖があって、和馬様が書いたものに違いないと思っていたのです」

「ほう、そうか。さすがは吉右衛門」

「嫌な予感がしたので、一晩中、探し廻っていたのですぞ。千晶から、お喜美とふたりでいなくなったと聞いてから」

「いや、悪かった」

「千晶を手籠めにするふりをしたのも、お喜美に見せる小芝居だったのですね」

「小芝居じゃない。大芝居だ」

「でも、千晶は傷ついてますぞ。これも、敵を欺くなんとやらですか」

「うむ……そうだな……」

「キチンと謝《あやま》っておいた方が、よろしいと思いますよ」

「すまぬ」

「私にではなく、千晶にです」

「分かってるよ……」

「それとですな」

吉右衛門は神妙な顔つきになって、

「お喜美はたしかに悪女ですが、あなたには本当のことを話しておりました」

「本当のこと……」

「親や男のせいで色々と大変な目に遭わされて、苦界にいたことです。源蔵という船頭は、その折の遊女屋の牛太郎《ぎゆうたろう》で、一緒に逃げたらしい」

「えっ。そうなのか……」

「その後、自分たちが目の当たりに見てきた、可哀想な女を救うために色々と手助けをしていたが……羅漢様に導かれるように、始末することになったのでしょうな」

「奉行所でもまだ分かってないことを、さすがだ……」

「つまらぬ褒め言葉は要りません。こんな言い方をしてはなんですが、あの女を咎人として捕らえたとしても、女を食い物にしたり、手籠めにするような輩は減らないと思いますぞ」

「なんだい、結局、説教かよ」

「その説教も最後になるかと存じます」

「おいおい。何を言い出すのだ」

「敵を騙すのにまずは味方……は結構ですが、私にはその程度の信頼しかない、ということでしょうから。これにて、御免《ごめん》」

吉右衛門は深々と一礼すると、さっさと屋敷から出ていった。来たときも手ぶらだから、出ていくときも手ぶらだと、軽く言い捨てて立ち去ったが、

──まあ、これまでもよくあったことだ。

と和馬は気楽に考えていた。

だが、吉右衛門が帰ってくることはなかった。

第二話　赤ん坊地蔵

一

高山家の門前に、着ぐるみだけで籠《かご》に入れられた赤ん坊が置き去りにされたのは、庭の梅の花が匂い立つほど咲いた朝だった。

いつものように炊き出しやら、掃除の手伝いに来ている近所のおかみさんらが見つけて、屋敷内に運んできたのである。籠には何も文《ふみ》らしきものもなく、赤ん坊の名も記されていなかった。

生後十日余りくらいであろうか。まだ目もしっかりと開いておらず、おそらく光を感じているくらいだろう。手足は鳥のように細くて、微《かす》かに震えるように動いているだけである。

捨て子地蔵とか迷子地蔵というのは、江戸市中のあちこちにあって、何か事情のある親がその地蔵の前に置いて、

「ここで待ってるんだよ、いいね」

と立ち去る。だが、親が帰ってくることはなく、地蔵の前で泣いている子を誰かが保護するというのが定番だった。それほど江戸には捨て子が多かったのである。

捨て子禁止令のようなものも出されたことはあるが、あまり効果はなかった。もっとも無理心中をしたり、子供を殺して捨てたりするよりは、誰かに命を託す方が遙かによい。子供に恵まれない商家などが養親《やしないおや》として、育てることもあるからだ。

高山家の門前に赤ん坊を捨てられることは、これまでも何度かあった。いつぞやは、妊婦が担ぎ込まれ、出産した後に、姿を消されたこともあった。その折は、産婆の千晶があれこれと手を尽くして、母親を探し出したこともある。

此度《こたび》は少し事情が違っていて、赤ん坊の母親に、千晶は心当たりがあったのである。

「それは助かった……何としても母親を探し出してちゃんと育てろと言わねばな」

和馬は無明の中に光を感じたが、千晶は素っ気なく、

「和馬様のお子さんではありませんか」

と訊いた。

「な、なんだ……まだ、あのことを怒っているのか……あれは悪い女の殺し屋を……」

「それはそれとして、和馬様が女たらしでない証《あかし》ではありませんからね。ご隠居さんも話していたとおり、和馬様と知り合う前の和馬様のことは分かりませんから」

「馬鹿馬鹿しい……」

「ご隠居さんは、まだお屋敷に帰ってらっしゃらないとか」

「そうなのだ。何処《どこ》で何をしているのか、心配でならぬ」

「ご隠居さんは福の神という噂ですから、何処か他のお屋敷に行ったのかもしれませんね。つまり、和馬様は神様に見捨てられたってわけです。あまりに邪険にしたために」

「俺は何も……」

首を振って、和馬は陰鬱《いんうつ》な顔になったが、千晶はまだ責めるような目つきで、

「ご隠居さんには、私もちょっと言いすぎたけれど、きちんと謝《あやま》らない和馬様が悪いのではありませんか。この子のことも、ちゃんと説明して下さい」

「おいおい……俺の子じゃないぞ」

「——そうですね。和馬様には証《あか》しようがないですね。では、一緒に探しませんか、

この赤ん坊の母親を」

「母親が誰か分かれば、俺の〝無実〟も明らかになろうってか」

ニコリと笑った和馬に、千晶は眉を上げて言った。

「ふざけないで、真面目に考えて下さい。この子の人生の問題なんです」

「人生とは大袈裟《おおげさ》な……いや、そうだな。千晶の言うとおりだ。この子のためだ。我が屋敷の前に置かれたのも何かの縁《えん》……心して探そうではないか」

「何かの縁ではありません。高山家は、貧しい人や事情のある人が駆け込む旗本として、近所ではよく知られてます。近所ということは、その近所も、そのまた近所の人たちも知っているのです。ですから、噂が広がって、赤ん坊を育てるのに困った母親が、意を決して置いていったのだと思いますよ」

少し興奮気味に話した千晶は、小さな赤ん坊を抱きながら、鼓舞するように、

「だから、和馬様……あなたが率先してやらねばならないのではありませんか。それとも、ご隠居さんがいなくなったら、日がな一日、無聊《ぶりょう》を決め込んでいるのですか」

と言った。

和馬はバツが悪そうに微笑を浮かべたまま、

「まあ、そう言うな。じゃあ、俺の子として預かるから、母親探しはやめておこう」

「じゃあって……」

「前にも何度かあったが、後で心配になって引き取りに来た者もいる。いずれにせよ、この子に罪はない。里親が見つからなければ、他生《たしょう》の縁だ。高山家の子として育てるよ」

「そんな……安請け合いはよくありませんよ……」

俄《にわか》に心配そうになった千晶は、和馬の心を測りかねて訊いた。

「本当に覚悟がおありなのですか」

「ああ。その時は、おまえを嫁にしてやるから、母親になってやれ」

「また、そんなふうな戯《ざ》れ事を……和馬様、なんだか近頃、やけっぱちなことばかり、おっしゃってませんか」

「心配性だな、千晶も……とにかく、うちで預かる。貰い乳ができる女も、手伝いに来てくれているのでな。案ずることはない」

そんな話をしていると、大人しく寝ていた赤ん坊がヒイヒイと泣き始めた。まだ蚊《か》が鳴くような声である。

「あらら、お乳ですかね、おしっこですかね。見てあげまちゅねえ」

幼児言葉になって、千晶は手慣れた仕草で様子を見ると、おしめに透明な小水が出ていたので、すぐに始末をしてやった。籠の中には、わずかばかりの小銭と一緒に、おしめも数枚、置いてあった。

「おまえ……母親に心当たりがあると言ってたが、それは誰なのだ」

「え、ええ……」

本当にその女かどうかは分からないが、千晶の話ではこうである。

一月《ひとつき》ほど前のことである。臨月《りんげつ》になった女が診察に、深川診療所まで来た。初めて来る女だった。年《とし》の頃は、三十ほどで妊娠するにはけっこう年がいっていた。

千晶は産婆なので、懐妊したときから面倒を見ている女もいるが、この三十路《みそじ》の女は近所でも見たことがなかった。ゆえに、藪坂甚内も身許《みもと》などを訊いたが、

『名は、桜《さくら》です……日本橋《にほんばし》のさる大店《おおだな》の旦那の妾《めかけ》で、向島《むこうじま》の寮に住まわせて貰ってましたが、旦那が亡くなったので、店の寮も追い出されまして、それで横川町《よこかわちょう》の長屋に……』

移ってきたと女は語った。さる大店の旦那とは、誰だと藪坂は尋ねたが、

『そのことが知れると、また本妻と色々と揉め事になりそうなので……済みません』

と曖昧《あいまい》に答えた。

千晶はなんとなく嘘をついている気がしたが、さる大店の旦那というのは、本当の

ような気がした。というのは、横川町の長屋に訪ねてみると、本当にひとり暮らしだったし、その時にした雑談の中から、向島の何処の寮かというのを、なんとなく聞き出していたからである。

その寮は、『腐心庵《ふしんあん》』という寮名を掲げていたという。珍しい名だと思って、千晶が訪ねてみると、実在して、そこは日本橋の萬《よろず》請負問屋『関前屋《せきぜんや》』の寮だということが分かった。

たしかに、主人は二月《ふたつき》ほど前に、心の臓の病で亡くなっており、妾の桜は主人の四十九日を機に寮を追い出されたのだろうと、千晶は想像していた。その頃なら、お腹が随分と大きいはずなのに、妊婦を見捨てるとは、『関前屋』はあまりに酷《ひど》い仕打ちをするものである。

『そういう女ならば、出産の面倒を見て、その後も計らってやらねばならぬな』

と藪坂に指示されていたという。

その間、和馬や吉右衛門が深川診療所に出向いてくる姿を、桜は見かけていたはずである。産み落としてから、深川診療所か高山家に置き去りにしようと、考えていたのかもしれないと、千晶は言った。

「では、おまえが取り上げたわけではないのだな……ひとりで産んだのだろうか」

和馬が訊くと、千晶は赤ん坊をあやしながら、

「できないことではないけれど、かなり辛いと思う。産後はすぐ臍《へそ》の緒《お》を切ったり、胎盤を片付けたり、赤ん坊の体を清めたりしなければならない。何より出産後は、母体が疲れていて、身動きできないと思う」

「だが、たまに聞くことがあるな。ひとりで産むことを……」

「もし、そうだったのなら、『関前屋』の人たちも酷いわよね」

「うむ……」

「私、日本橋の店を訪ねて、桜さんの行き先に心当たりがないか調べてみる」

「いや。萬請負問屋の『関前屋』なら、俺が行ってみよう。小普請組も何度か世話になったことがある」

「そうなんですか」

「主人に妾がいたとは知らなかったがな。とにかく、そっちは俺に任せて、千晶はその赤ん坊を見ていてくれ。そうしていると、なかなか似合っているぞ」

「ええ。前にも似たようなことがありましたから、覚えてますわよ」

「そうか。俺はすっかり忘れた。毎日、忙しいのでな」

「暇を持て余しているくせに」

いつものような軽口を叩く千晶に、和馬は微笑《ほほえ》みかけて、武士らしく刀を腰に差すと、ぶらりと出ていくのであった。

日本橋の『関前屋』は間口の広い大店で、萬請負問屋だけあって、大勢の商人や職人、人足らが出入りしていた。場違いな場所に入った感じの和馬だが、男衆の間に割り込んで、帳場にいる年配の番頭の前に行くと、

「亡くなった主人の妾が、赤ん坊を産んでな、姿を消したのだ。心当たりはないか」

と訊いた。

番頭は唐突な問いかけに、エッという顔になったが、和馬のことをタカリ屋とでも思ったのであろうか、

「店ではなんですので、どうぞ奥に……」

と招かれた。

そこには、品の良さそうな内儀《ないぎ》がいて、番頭に案内されるままに上がってきた和馬を、不審そうに見やった。

「何方《どなた》ですか、喜兵衛《きへえ》……」

番頭に訊く内儀に、和馬は自ら名乗った。

「俺は、小普請組旗本の高山和馬という者だ。少々、訊きたいことがあって参った」

「お旗本……」

　不思議そうな顔になった内儀だが、番頭の喜兵衛の方は安堵したように、

「ああ、そうでした……何処かで、お見かけしたお顔だと思いましたが、たしか小普請組頭の坂下善太郎《さかしたぜんたろう》様の配下の……」

「さよう。よく覚えていてくれた。主人の幸左衛門《こうざえもん》さんだったかな、亡くなったそうで、お悔やみ申し上げる」

「とんでもございません……あはは。てっきり、脅しに来たと思ったので……ああ、安堵しました、はい……」

「これ、喜兵衛」

　余計なことは言うなとばかりに、内儀は手で払って下がらせてから、

「『関前屋』の女将《おかみ》、菊美《きくみ》でございます。お訊きになりたいこととは、何でございましょうか」

「その前に……番頭は、何故、脅しに来たと思ったのかな。この店は、誰かに嫌がらせでもされているのかな」

「まさか。小心者《しょうしんもの》ですからね、勝手にそう思っただけでしょう」

「いや、しかし……」

「それより、ご用件を承《うけたまわ》りたいです」

毅然と言う菊美は、継《つ》いだばかりとはいえ、女主人としての気概《きがい》を見せていた。

『関前屋』は三代続く萬請負問屋だが、病気で亡くなった幸左衛門は、婿《むこ》養子だった。そのため か、女将が何かと偉そうだったという噂は、和馬も聞いたことがある。

――たしかにキツそうだなあ……。

と思って、和馬は苦笑した。

「何が可笑《おか》しいのです」

「いえ。女将さんのような気性の強い方が奥様なら、余所《よそ》に女を欲しがるだろうなって……あっ、これは失言。申し訳ない」

慌てて、和馬は謝った。

「思ったことを、すぐ口にするのが悪いくせでな。中間《ちゅうげん》にも、よく諫《いさ》められるのだ。はは、その中間も俺に愛想を尽かして、どっかに行ったまんまだがね」

「用がないのなら、お帰り下さい。うちは小普請組と違って、暇ではありませんので」

「ああ、そうだった……」

和馬は軽く自分のおでこを叩いて、

「実は、ご主人が向島に囲っていた桜という妾が、赤ん坊を産み落として……」

と番頭に話したのと同じことを伝えてから、

「行き先が分からぬかなと思ってな」

「知りません」

間髪《かんはつ》容《い》れずに答えた菊美は、能面のように無表情な顔のまま答えた。

「そもそも、桜とかいう妾もいません。何処か他の商家と勘違いしてませんか」

「いや、しかし、桜という女が自分で……」

「失礼ですが、高山様はその女と会ったことがおありですか」

「いや、会ったことはない。ないが、千晶という産婆がだな……」

「ああ、いつぞや来た人ですね。失礼この上ない下品《げひん》な産婆でしょ。その時にも言いましたけれどね、うちの主人とは関わりありません。『腐心庵』には私も時々、行くことがありますすけれど、掃除番の年寄りがひとりいるだけで、妾なんて……いい加減にして下さい」

そこまでキッパリと菊美に言われると、和馬も返しようがなかった。たしかに、桜の話を聞いた千晶の説明に過ぎないからである。思い込みかもしれぬと、和馬はあっさりと退散するのであった。去り際、

「寮の『腐心庵』というのは、小普請組などの普請に掛けているのかな」

と訊くと、菊美は淡々と、

「代々、世間様のために、あれこれやり遂げるために、心を砕くことから、初代が付けた名です。ですから、妾などを置いておく所ではありません」

そう続けて、和馬を睨み上げた。

「なるほど。得心しました」

和馬は微笑み返した。表に出ると、繁盛しているのだろう、わいわいがやがやと人足が集まってきている。だが、この賑わいも、

——俺が色々と上と、掛け合ったからなのになあ……。

という思いが去来した。

——いやいや、これでよいのだ。

陰徳を積むことが、高山家の家訓であり、家風であることを改めて思っていた。

二

「人違いではないのか……その桜とやらの出産に、おまえが付き合ったわけではない

のであろう。女は嘘をついてたのではないのか。それに、この赤ん坊だって、桜が産んだ子かどうかは分かるまい」

和馬が責めるように言うと、千晶は呆れ顔で、

「手ぶらで帰ってきたってことですよね」

「え……まあな。恐い内儀だった」

「言っておきますけどね、和馬様……この子は桜さんて人の子かどうか分からないから、母親を探してあげたいんです」

「ま、そうだな」

「もう諦めるのですか。『関前屋』の女将がすんなり認めるわけがありません」

「どうして、そんなことが分かるのだ」

「女だからです」

千晶は赤ん坊を腕の中に包み込んで、

「自分の夫の子供なんて、認めたくないからです」

「桜って女も嘘をついたかもしれぬぞ」

「もしそうだとしても許されます」

「どうしてだ」

「女はか弱い生き物です。男には腕力でどうしても勝てません。だから、生き延びるために嘘をついて身を守るのは当たり前です」

キリッと目尻を上げて、千晶は和馬を睨みつけた。

「——おまえの屁理屈はどうもな……」

「だと思うなら、和馬様も一度、女になって出産してみたらいいのです。どれだけ大変か分かろうってものです」

「無理な話をして逸らすな。おまえは今、女はか弱いと言ったばかりではないか」

「ですから、桜さんもこうして大切な子を置いていくしかなかったのです。しかも無闇に捨てたわけではありません。『関前屋』に届けることだってできたでしょ」

「…………」

「でも、それでは赤ん坊に何をされるか分からない。だから高山家という、情け深いお旗本を選んで置き去りにしたのです。その願いを、和馬様は受け止めてあげて下さい」

「そう言われてもな……」

手掛かりがまったくない女をどうやって探せばよいのか、和馬は途方に暮れた。だが、千晶は、桜の様子を見に、何度か長屋を訪ねていたから、唯一、面倒を見てくれていた夫婦者がいたことを思い出していた。

「そうなのか」

「おっ母さんに会いたくて、しょうがないんだと思う。だよね、小梅《こうめ》ちゃん」

「小梅……？」

「仮に付けてるんです。ほら、庭に梅が咲いてるから。可愛いでしょ」

「まあな……」

「この子も、その名がいいって。だよねえ、小梅ちゃん」

「まだ、目もちゃんと開いていないのに」

「赤ん坊の感覚って凄いんですよ。全身で何でも分かるんです」

「物事を都合良く考えられて、千晶は幸せ者だな」

和馬は苦笑したが、千晶はまるで女房のように強い口調で、

「言っておきますけれどね。私は産婆だし、骨接ぎ医ですから、よく分かるんです。人の体は、実に良くできているって。本当に、人智の及ばない天の神様が作ったとしか思えません。でもね……」

「でも、なんだ」

「心の方はいびつに歪《ゆが》んだのかもね。だって、猫や犬のように素直じゃないもの。だ

から、嘘をついたり、人を陥《おとしい》れたり、争ってばかり……桜さんは、そういう人の世の犠牲になってるのかもしれませんよ」

「人の世の犠牲か……」

千晶の言葉を繰り返してから、和馬はまたぶらりと屋敷から出て、桜の行方探しに出かけた。唯一の仲良しという夫婦者に会って、事情を訊くためだ。

桜がいたという横川町の長屋は、まさに横川に面した商家の裏店《うらだな》だった。商家は材木を扱う店だったので、鋸《のこぎり》や鉋《かんな》の音が常にしていて、大鋸屑《おおのこくず》が舞い落ちているような長屋だった。

その夫婦者は、長屋の自分の家の戸口に、『さくら飛脚《びきやく》』と木札を出していた。

飛脚には、継《つぎ》飛脚や大名飛脚など公《おおやけ》のものと、町人が扱う町飛脚があったが、奉行所の鑑札《かんさつ》が必要である。享保《きようほう》年間以降には、五街道を巡って全国津々浦々に伝わるほどの〝飛脚網〟ができていた。

江戸町飛脚は江戸府内に限られるが、風鈴を鳴らして走る姿は粋で格好良かった。しかも、産婆同様、通りでは優先されるから、特に火急の報せの場合には、人々は道を譲らなければならなかった。

木札にある『さくら飛脚』は屋号のようなものらしい。

出てきたのは、もさっとした背の高い瘦せた亭主と、小柄で丸っこい女房だった。

和馬が名乗ると、ふたりは大助《だいすけ》とお花《はな》だと名乗った。愛想の良い似合いの夫婦だった。

「ええ、桜さんなら、よく知ってますよ。お隣さんだからねえ」

お花は当然のように言ったが、表情はなぜか暗かった。

「ここに来たのは、もうお腹が大きくなった頃だからねえ……しかも独《ひと》りだから、父《てて》親《おや》は誰なんだいと訊いても、道ならぬ恋でしたから……って、ちゃんと答えなかったのよ」

萬請負問屋『関前屋』の主人が囲っていたことも知らなかったという。

「道ならぬ恋、か……」

和馬はこれが本当ではないか、とすら思った。だとしたら、『関前屋』を追い出されたことや、赤ん坊を店に届けなかったことも頷ける気がしたからだ。

「桜って名前は本当なのかな」

素性まで疑っている和馬が訊くと、お花は「そうですよ」と答えた。

「初めて来たときに、桜といいます。この看板の『さくら』というのを見て、同じだからって、大家さんに頼んだとか」

「ふむ……」

「もっとも、うちのは咲く桜ではなくて、亭主が下総《しもうさ》の佐倉《さくら》の出だから」

「なるほど……桜って女は、この看板を見て、適当に名乗ったのかもしれぬな。いや、本当のことは分からぬがな」

姿を消したというだけで、謎めいて感じる。和馬は赤ん坊を捨て置いたことが、どうしても理解できなかった。むしろ、会って問い詰めたい気になった。

長屋にいた頃、お花も報せる親や相手はいないのかと何度か訊いたが、桜は大丈夫、ひとりで産むと答えたという。出産間近になると、深川診療所から産婆が来ていたので、安心していたという。千晶のことだ。

ところが、こっそり産んでいなくなったことに、お花は驚きを隠せなかった。

「可哀想《かわいそう》にねえ……残された赤ちゃん……なんだったら、うちで預かりましょうか。子供もいないしね。もし帰ってきたら、返して上げればいいし」

「おい。犬猫じゃねえんだからよ、簡単に言うなよ」

大助は躊躇《ためら》ったが、お花は万が一、引き取り手がなかったら、考えてもいいと言った。一緒になって十年にもなるのに、子宝には恵まれないと言う。

「なのに、要らない人のところには、来てくれるんだねえ」

お花は羨ましそうですらあった。

「この人、飛脚だから、家にいない時も多いしね。そのせいかねえ……」

チラリと見やる女房の顔を見て、大助は浮気でも疑われていると察して、

「何を言いやがる。やることは、ちゃんとやってるだろうが」

仲の良い夫婦らしいやりとりに、和馬は笑った。

「ははは……それにしても、自分で営んでる飛脚とは珍しいな。ふつうは飛脚問屋で働いているものだが」

疑問を投げかけると、大助は逆に驚いたような顔で、

「そうですかい？　あっしらみたいな飛脚問屋の下請けは幾らでもいやすよ」

「下請け……」

「長屋の大家の店だって、大きな材木問屋の下請けでやしょ。それと同じですよ」

「なるほど……」

「お武家様ってなあ、暢気《のんき》でよろしいですなあ……あっしら毎日毎日、馬みてえに走り廻って、湯に入って寝るだけが楽しみでさ」

たしかに大助の太股や脹《ふく》ら脛《はぎ》は、馬の足のように張りがあって盛り上がっている。

だが、女房はチラリと睨みつけて、

「近頃はどこも不景気だから、あまり仕事がなくてね。下請けまで廻ってこないんで

すよ。何とかして下さいよ」

「そうか、それは大変だな……今度、町奉行に話してみるよ」

和馬は当たり前のように言うと、大助の方が何を思ったか手を叩いて、

「そりゃ、ありがてえ。安請け合いじゃないでしょうね。そうか、なるほど。もしかして、旦那は俺に、桜を探すよう依頼に来たんじゃありやせんか」

と勝手に思い込みで返してきた。

「えっ……」

「あっしはこう見えても、通飛脚《とおしびきゃく》なんですよ」

「通飛脚……」

「それも知らないでやすか。ふつう飛脚ってなあ、どっかの宿場の問屋場《といやば》なんかで引き継ぐでしょうが。けどね、あっしは出立《しゅったつ》した所から、目的の相手まで、ひとりだけで、ぶっ通しで走る飛脚なんでさ」

「ああ、なるほど……」

「この通飛脚は、五街道のあちこち隅々《すみずみ》まで行きやす。あっしだって、北は弘前《ひろさき》や盛岡《もりおか》、南は肥後《ひご》や薩摩《さつま》まで行ったことがありやすよ。この足は東海道を三、四日、ぶっ通しで走れやすからね」

「まことか……」

「本当です」

　大助は走る真似をして見せて、

「桜なら、俺も顔を知ってるし、探してきますよ」

「探すって……当てもなく走り廻るわけにはいかないだろう」

「──旦那、バカですか？　そんなことするわけがないじゃないですか」

「では、どうやって……」

「俺たちのような通飛脚は、江戸に集まってくるんですよ。特に日本橋にある飛脚問屋にね。諸国の宿場宿場のあれこれに熟知してやしてね。その上、みんな、ただ走っているだけじゃなくて、人の顔も覚えてるんでさ」

「そうなのか。なぜだ」

「通飛脚には、いわば罪を犯して逃げてる咎人《とがにん》などを伝える職務もあるんでさ。『あいつは、どこそこで殺しをした丸平《まるへい》じゃねえか』とか『あの女は騙《かた》りの丸江《まるえ》だぜ』とかね」

「ほう。それは知らなんだ」

「だから、ふつうの旅人とは違う、妙な輩《やから》には気付くものなんです。もしかしたら、桜のような女を見かけたって奴もいるかもしれやせんからね。何かやらかして逃げるのを〝急ぎ旅〟ってんですがね、そういう奴は独特な雰囲気があるんですよ」

「なるほどな。ぜひ、力を貸してくれぬか」

「へえ、足を貸します」

「それは心強い」

和馬はそう言ったものの、あまり当てにしないで待っていた。

ところが一日も経たないうちに、大助は高山家まで、桜がいそうな所が分かったと報せに走ってきた。

あまりにも手際《てぎわ》がよいので、和馬が戸惑ったほどである。

「驚くことはありやせんよ。桜がいなくなったときから、飛脚仲間には伝えておいたんですよ。顔の特徴とか、背丈や体つき、言葉の使い方から色々と」

「人相書きもか」

「いえ。通行手形ってのには、人相なんぞ絵にしてないでしょ。それよりも、姿形の他に、癖とか気質なんぞを書いてやすよね。関所の役人もその方が、確認しやすいんですよ。これは常識ですがね。旦那、あまり旅はお好きじゃありやせんか」

「まあな……そもそも旗本は好き勝手にあちこち出歩くことはできぬのだ」

「へえ、そうなんですか。そりゃ可哀想だ。だったら、桜探しをやってみておくんなせえ。結構、楽しいものですぜ」

大助は何が嬉しいのか知らぬが、愉快そうに和馬を鼓舞するのであった。

三

その二日後――和馬は、板橋宿《いたばししゆく》にいた。しかも、千晶と一緒である。

桜の顔を知っているので同行することになったのだが、その間、大助とお花の夫婦が、赤ん坊を預かってくれることになった。もちろん、まだ生まれたばかりだから、何かあったときには、藪坂先生が対処することになっている。

板橋宿からは京へ向かう中山道《なかせんどう》を歩くことになる。さすが江戸四宿《ししゆく》のひとつで、旅籠《はたご》が四百軒以上あるから、旅人で賑わっていたが、ふたりは茶店に寄ることもなく、宿場外れの〝縁切《えんき》り榎《えのき》〟を過ぎてから、蓮沼《はすぬま》から志村《しむら》へ急ぎ、一気に戸田《とだ》の渡しまで来た。

組頭には、適当な理由をつけて、江戸を出ると告げておいた。和馬はふたり連れというのが、妙にこそばゆく感じていたが、千晶の方といえば、物見遊山《ものみゆさん》のように軽やかな足取りだった。

「そんな暗い顔をしないでよ、和馬様」

千晶は冗談半分で寄り添って手を握ろうとしたが、和馬は「女がはしたないぞ」と払う仕草をした。

「だって、嬉しいんだもん。こうして夫婦旅《めおとたび》をするような気分て、初めてだから」

「そうか？　なんだか、いつも一緒にいるような気がするけどな」

「えっ。それは、それで嬉しいかも」

屈託のない笑顔を見せる千晶に、「ま、いいか」という様子の和馬だった。

板橋から中山道に向かったのは、大助の親しい飛脚から、桜らしい女が蕨宿《わらびしゅく》にいたとの報せがあったからだ。それだけで、桜だと判断するのは乱暴な話だが、大助が飛脚から聞いた話では、

――出産したばかりである。

――顔だちや背丈、言葉遣いや雰囲気が一致する。

――江戸から来たばかりである。

――自分を置いて逃げた男を探している。

などということが、桜だと思われる有力な判断材料になったのだ。

「でも、本当に桜さんかしら……」

千晶はどこまで信用できるか、今更《いまさら》ながら不安になってきた。

「大助の知り合いの飛脚が、その女が道端で倒れそうになったのを助けたというのだ。それで、近くの町医者に連れていったから、女の事情が分かったらしいのだ」

「もう道々、聞きました」

「飛脚は、その時、『もしかして、桜さんじゃないかい』と訊いたらしい。でも、違うと答えられたそうだが、その表情が意味ありげだったから、嘘をついたのかもしれない」

「それだけじゃ分からないわよねえ……」

「なんだよ。探しに行くのが務めだと煽《あお》ったのは、おまえじゃないか。あ、それとも、それは口実で、俺と旅をしたかっただけか」

「えへへ。実は、そうなの」

「おい、おい……それは、ないだろう」

「嘘よ。なんで、すぐそうやって信じるの。私は、桜さんに会って、子供を返してあげたいんです。産婆として出産に立ち会えなかったのは、なんというか不徳の致すところなんだけど」

「不徳の致す……はないだろう」

和馬は笑いもせず、これからの道程が不安になるような雨雲が、街道の遙か先の空に広がるのを見ていた。

案の定、戸田の渡しは、増水のため船が出ないとのことだった。

渡し場は降っていないが、川上の方が大雨なのであろう。船で渡れないときは、ぐるりと川口《かわぐち》の方に廻ることになるが、遠廻りになり過ぎる。桜がいるかもしれない蕨宿は、もう一里もない。仕方がないので、志村宿まで戻って、一晩、様子を見ることにした。

旅籠はわずか数軒しかないので、川止めの時には、ぎゅうぎゅう詰めになる。大部屋のような所に、他の客と一緒に雑魚寝《ざこね》になるのだが、安宿しかなく、夕餉《ゆうげ》も雑炊と川魚の干物だけだった。

湯の宿で、ふたりきりでシッポリ濡れるというわけにはいかなかった。

この安宿を営んでいる中年の夫婦者も、大助とお花のように、言いたいことを言い合っているが夫唱婦随という微笑ましい様子だった。膳を下げに来た女将に、桜の事情を話して訊いてみたが、それらしき旅人は分からないということだった。

「この辺りには、妊婦がたまに訪れることがあるよ。何処からか、ふらりとね」

「へえ……それは、なんでまた」

「近くに、赤ん坊地蔵ってのがあってね、そこに小さな赤ん坊を捨てに来るんだよ」

「えっ。捨てに……」

千晶はあまりのことに、言葉を失った。自分は産婆として、年間に何人もの赤子を取り上げている。母体には大変なことだが、出産風景は厳《おごそ》かな神事や修行にも見える。まさに神秘な所から、この世に人として生まれてくるのだから、尊いものなのだ。

にも拘《かか》わらず、捨てるという気持ちが、千晶にはサッパリ分からなかった。それは桜に対しても同じである。

「でもね……赤ん坊地蔵の裏には、小さな社《やしろ》があって、そこに幾ばくかの金と文を置いて、生まれたばかりの命を託すのだね」

名前を付けていることもあれば、面倒見てくれる人に委ねるのもあるという。

「うちの宿の前に置かれることだって、何年かに一回はあるよ」

「そうなのですか」

「おまえんちのせいだってね」

「えっ、どういうことです」

不思議そうに千晶が言うと、女将はなぜか笑いながら答えた。

「今日のように、ほら川止めになったら、雑魚寝になるでしょうが。その時、見知らぬ者同士が、ついふらふらと……そうなっちまうこともあろうじゃないか」

「…………」

「その時にできた子だからって、いらないって連れてきて、赤ん坊地蔵に……ま、そういう女の人が増えたので、赤ん坊地蔵を据えて、捨てるくらいなら、この宿場で面倒見ようってね」

「へえ、そんなことが……」

今度は妙に、和馬が感心をして、宿場役人に会って話を訊きたいと申し出た。今般の桜の件に限らず、江戸でも捨て子の問題は大きいから、参考にしたいと考えたのだ。

「宿場役人というか、村役人なら、うちの人もそうだからさ」

女将は愛想笑いをして、奥にいる主人に会わせると案内した。千晶も一緒に行ってみると、主人はすでに、ふらふらになるくらい酔っ払っている。女将は働き者だが、主人はどうやら、ダメ亭主のようだ。

「あんたたちも……ひっく……この宿で、できちまったのかい……ひっく……」

「違うよう。赤ん坊地蔵のことだよ。ちゃんと話してお上げなさいな。江戸から来た、旗本の高和《たかかず》さんだってよ」

「高山和馬です」

「――お旗本……そりゃ、なんだ……うちからは年貢《ねんぐ》を取り立てようたって、百姓じゃないから、ひっく……宿賃だって、まけるわけには、いかねえぞ、ひっく」

話になりそうにないので、和馬と千晶はすぐに諦めて部屋に戻った。

だが、翌朝、宿から数間、離れただけの街道沿いの赤ん坊地蔵とやらに、ふたりして出向いてみると、沢山の花が供えられており、線香なども上げられていた。まるで水子供養のような地蔵だが、赤い涎《よだれ》掛けのようなものをして、地蔵の顔も垂れ目で笑っている、円空仏《えんくうぶつ》のように愛嬌のあるものだった。

地蔵の横手には立て札があって、

『事情在りし者、赤ん坊地蔵が救う。幼き命は天からこの世に授《さず》かったもの。親だけのものではないことを心得《こころえ》、決して早まった真似《まね》はすまじこと』

と記されてあった。つまり、如何なる事情があっても、赤ん坊を殺すようなことは絶対にするな、ということだ。

「当たり前のことだが、人に言えぬ辛いものを抱える女もいるだろうしな……こうして助け船を出すこの宿場の者たちは、なかなか立派なものだな」

和馬がぽつりと言うと、その背後から、昨夜の安宿の主人が覚束《おぼつか》ない足取りで近づ

いてきて、話が聞こえていたのか、

「まあ、お武家さんの言うとおりだがね……ひっく、宿場にはそれなりの事情があるのだよ、ひっく……そうだがね」

と声をかけてきた。

「二日酔いかね。それとも、ずっと飲み続けておるのかな」

主人はそれには答えず、赤ん坊地蔵をふらふらしながら指して、

「こうでもしねえと、本当に、ひっく……赤ん坊と心中したりする女も、いたんでね……宿場からしても、悪い噂が広がって迷惑……ひっく。だから、宿場の者が、みんなで考えて、助けようってことにしたんでさ」

と、しゃっくりしながら言った。

「たしかに、捨て子が多いのは困るなあ」

「それもあるんですがね、ひっく……実は宿場としても、深刻なことがあって、若い奴らが、ひっく……どんどん江戸に出ていくことなんでさ、ひっく……日本橋まで三里足らず、その前に板橋宿もあるから」

宿場にはこれといって仕事もないし、若い夫婦もいなくなる。すると子供も少なくなる。だから、捨て子を引き取って育てて、村に居着かせようと考えたという。その

ために、代官所から補助が出る。それも住人の助けになっているらしい。

「なるほどな、大人には大人の事情があるというわけか」

和馬は妙に納得したが、たしかに捨て子を育てた者に、公儀が補助金を出せば、もっと安心して親も捨てられるなと言った。

「ちょっと和馬様。安心して捨てるなんて言い方、やめて下さい」

千晶は眉間に皺を寄せた。和馬は素直にすまぬと謝って、

「それはそうと、桜のことは知らぬか」

と主人に訊くと、

「実はね……ひっく……ゆうべは女房がいたから言いにくかったんだけどもよ……」

「なんだね」

「その桜って女は、俺の相手かもしれないんだよ」

「えっ――！」

素《す》っ頓狂《とんきょう》な声を上げたのは、千晶の方だった。まるで浮気をしたのを見つけた女房のように、詰め寄った。

「どうして、そんなことをしたのですッ」

「そりゃ、俺だって男だからね、ひっく……あんな綺麗な女に迫られたら……ひっ

く」

「桜さんに間違いないですね」

「かもしれねえなって……この辺りに、薄いけれど、青い痣《あざ》がなかったかい」

主人は左耳の下あたりの頬を指した。千晶には覚えがなかった。生まれつきのものだろうとのことだが、人の顔はそんなにマジマジ見るものではないし、目立つものなら目に入っていたはずだ。

「さあ、ちょっと分からないけれど……」

千晶が返すと、主人は長い溜息をついてから、

「できれば探し出してきてくれねえかな、ひっく……もう一目、会いたいんだよ」

「何考えてるんです、あなた」

千晶はさらに口調が強くなって、顔を近づけると、

「では、赤ん坊を引き取って下さいますか。赤ん坊地蔵で慈善をなさってるのでしょ。あなた方夫婦の様子では、お子さんもいらっしゃらないようですし、宿場の発展のために是非、お願い致します」

と押しつけるように言った。

「いや、それは……実はうちには、ひっく、息子が三人もいたのだが、みんな出ちま

ってね……ひっく、だからなんというか」

「もういいです。まったく……世の中の男どもは、いつまで経っても、みんなガキだ。立派な人なんて、藪坂先生とご隠居さんくらいしかいません」

「ご隠居さん……ひっく……」

「あなたには関わりありません。とにかく、探してきてあげますよ。こっちも、そのつもりで来ましたから」

「それは、ありがたい」

主人は本当に嬉しそうに顔つきが変わって、

「それが、本当に桜ならば、蕨八幡の側にある『吉野《よしの》』という餅屋《もちや》にいると思います」

「えっ。そうなの？」

「ええ。俺には寝物語に言ってやした……ひっく……八幡宮の巫女《みこ》をしてたって」

「……あ、そうですか」

千晶としては眉唾《まゆつば》ものだと感じたが、和馬は「それは良いことを聞いた」と素直に喜んでいた。何事にも飄然《ひょうぜん》と対応する和馬の良さを知っているつもりだが、

――本当に何も考えてないのでは……。

と千晶は不安になった。この人を好きであることにも、疑問を感じ始めていた。

四

無事、戸田の渡しを越え、戸田新田《しんでん》から蕨に向かう途中に、妙見寺《みようけんじ》という寺があったので立ち寄った。子安曼荼羅《こやすまんだら》というのが、あるというのだ。

妙顕寺《みようけんじ》とも記され、日蓮宗身延山久遠寺《にちれんしゆうみのぶさんくおんじ》の末寺だという。かの日蓮が流刑となって佐渡《さど》へ向かう途中、隅田五郎時光《すみだごろうときみつ》というこの辺りの領主が、妻が難産に喘いでいたため、護符《ごふ》と祈禱《きとう》を頼んだという。日蓮は快く引き受けたが、その霊力のお陰で、無事に出産できた。その後、流刑の罪人であるにも拘わらず、日蓮に帰依して建立《こんりゆう》したのが、妙見寺である。

この本尊が、日蓮直筆の『子安曼荼羅』だといわれている。ゆえに、妙見寺は安産祈願や発育祈願に訪れる善男善女が多い。もちろん、捨て子は快く受け容れ、育ての親が見つかるまで恙《つつが》なく預かる。赤ん坊地蔵は、この妙見寺の影響かもしれぬと、和馬は思っていた。

和馬は寺の住職に会って、江戸であった話をしたが、桜らしき女が、この寺に立ち寄った形跡はなかった。

蕨まで、もうすぐという所に、小さな茶店が一軒あった。元蕨《もと》という宿場だが、泊まる宿はないという。和馬と千晶は、まるで夫婦のように床机《しょうぎ》に並んで座って、一服していた。店の女将が、ふかし芋《いも》を差し出した。

「いや、頼んでいないが……」

断る和馬に、女将はニッコリ笑いながら、

「旅のお客様には必ず差し上げます。もちろん、ただですので、どうぞ。川越《かわごえ》に負けない、甘くて美味《おい》しい芋でございますよ」

と言った。近在の村で栽培しているものだという。

遠慮なく、ふたりで分けて食べていると、女将は微笑ましい顔のままで、

「本当に仲睦まじいですね。安産祈願で参られましたか」

と訊いた。

「えっ……いえ、私たちは……」

「夫婦であれ、道ならぬ恋であれ、お腹のやや子には罪はありませんよ。どうぞ、無事にお腹が大きくなりますように。そのための芋でもあるのです」

武家と町娘が駆け落ちでもしているとでも思ったのであろうか。和馬は違うと言お

うとしたが、千晶は女将に向かって頷いた。

「そうなのです。この美味しいお芋を戴いて精を付けます」

和馬は呆れた顔をしたが、通りすがりのことゆえ、何も言わなかった。

「どうして、お芋なのですか？」

千晶が訊くと、女将は客に何度も同じ話をしているのであろう。すらすらと続けた。

「ええ。これには、ちょっとした謂われがありましてね……その昔、日蓮上人がこの村を通りかかったとき、芋を沢山栽培している百姓に、お芋を一本、所望したんです」

「また日蓮だ……あ、いいのです。それで？」

「でも、その百姓は『うちの芋はぜんぶ、石の芋だから、食えねえよ』と迷惑そうに追っ払ったそうなんです」

「石の芋……そんなものあるんですか」

「ないですよ。ケチな百姓は、『物乞い坊主なんかに、こんな美味しい芋なんか、食わせてやるもんか』って意地悪したんですね」

「それは、また酷い……」

「そしたら、後で百姓が食べようとしたら、本当に石のように硬くなってる。ふかしても、焼いても煮ても、全然、柔らかくならない。それだけじゃなくて、畑全部の芋が石になってしまって、その後、何年もずっと苗を植えつけても石しか生えてこないんです」

「あはは。そりゃ愉快だけど……芋一本のことで、日蓮さんも人が悪いなあ」

和馬が思わず言うと、千晶も笑って、

「食べ物の恨みは恐ろしいですからね……でも、ご隠居さんなら、きっと何か事情があるんだろうと思って、助けて上げようとしたと思う。そうでしょ、和馬様」

「吉右衛門の話はいいよ。あいつだって、俺を見捨てたしな」

拗《す》ねたように言った和馬は、美味しそうに芋を食べながら、千晶と一緒に、女将の伝説めいた話を聞いていた。

「だから、この辺りの芋を作ってる農民たちは、通りかかる旅のお方には、みんな日蓮さんのつもりで、接しているんです」

「なるほど。それは良い話だ」

和馬は頷いてから、女将に桜のことを簡単に説明して、立ち寄らなかったかと尋ねた。同じ女かどうかは分からぬが、痣のある女のことも訊いたが、

「――赤ん坊を産み落として……なんとも辛《つら》い話ですね……」

としか答えなかった。もし知っていても、旅の客には色々な事情があるだろうから、余計なことは言わぬという姿勢であろう。だが、芋を食べ終わって、茶のお代わりをしたとき、女将は声を低めて、

「ここに痣のある女なら、ちょっと心当たりがあります」

「えっ。そうなのか」

和馬は聞いてみるものだなと思った。

女将の話は、宿屋の酔っ払い主人と同じことだった。すぐさま発ったふたりは、蕨宿に着いてから、真っ先に八幡宮に来た。その参道で、最も鳥居に近い店が、蕨餅の店だった。

蕨宿は板橋宿と同じくらい繁華な宿場で、旅籠も三百数十軒あるという。この賑わいの中で、ひとりの女を探すのは大変なことであろう。だが、大助を始め、宿の主人や茶店の女将の話から、徐々に近づいてきた気がする。

蕨という地名は、その昔、逃亡中の源《みなもとの》義経《よしつね》が立ち上る煙を見て「藁火村《わらびむら》」と名づけたことに由来するらしいが、定かではない。だが、足利《あしかが》家の一族である渋川《しぶかわ》氏が城を築いて、守り神として八幡神を祭ったのは事実である。本殿には、僧形八幡立像が本尊として祀られている。

その八幡宮の真ん前にある蕨餅屋に、転がるように入った和馬と千晶は、茶を飲むこともなく、桜はいるかと尋ねた。

「桜……はい、おりましたが……」

蕨餅屋の主人は、少し腰が曲がった還暦過ぎの老体で、声も掠《かす》れている。しかも、桜の名を出されて、戸惑っている様子だった。

「この辺りに、薄い痣があって……八幡宮の巫女さんだったとか」

千晶が訊くと、主人は驚いて、傍《かたわ》らにいる和馬の顔色を窺《うかが》うように見ながら、

「誰にそんなことを……いや、桜なら、たしかに、昨日まで居ましたが……今朝早く、何処かに行ってしまいまして」

「そんな……川止めさえなければ……」

一歩遅かったと残念がる千晶だが、何処へ行ったのか主人に訊いても、要領を得なかった。だが、江戸から遙々、ここまで来たのだから、手ぶらでは帰れない。なんとか探し出して、せめて赤ん坊のことをどうするか、本音を知りたかった。

「産後の肥立ちも気になるしね……ご主人、本当に何も知らないのですか。では、どうして、ここから……」

責められているように感じたのか、主人はしばらく俯いていたが、

「――桜が赤ん坊を産んだというのは、本当のことですか」

「そうですよ」

「相手は……つまり父親は、お武家様でございますか」

「え？　俺は関わりない。ただ、桜の行方を探しているのだ。旗本の高山和馬という者だ。何か隠しているようだが、嘘はならぬぞ」

和馬の口調に圧倒されたのか、主人は渋々頷いて、店を片付け始めた。

「今日はもう商いになりませんので……」

両肩を落として、表の縁台やら幟《のぼり》なども仕舞うのを、千晶はテキパキと手伝った。和馬もやろうとしたが、要領が悪くて、却《かえ》って邪魔だからと、千晶に押しやられた。

奥の座敷に招かれた和馬と千晶は、余り物だがと言って蕨餅を出された。甘い物には目がない和馬は、上手《うま》そうに匙《さじ》で掬《すく》うようにして、蕨餅を食べた。

「さすがは、醍醐《だいご》天皇が好物だっただけのことはある。たしか、作った者には大夫《たいふ》の位を授けたんだよな」

「さあ、それは知りませぬ」

「さすが本場は違う」

「本場……？」

「蕨餅というのだから、この蕨宿辺りの特産だろうが、やはり美味《うま》い」

「違いますよ。どこにでもありますよ。蕨餅は、東海道の日坂宿《ひさかしゅく》がよく知られてますが、あれは葛餅《くずもち》みたいなものらしいですね。この辺りでは、凶作の時に食べるものです」

「そうなのか……いや、旅は色々と学べるなあ、千晶……」

きな粉を多めにかけて、嬉しそうに食べる和馬をチラリと見て、

「――ほんと子供みたいなんだから……」

と呆《あき》れ果てた顔になった。

「和馬様。肝心な話を訊いて下さいな。こんなことをしている間にも、桜さん、また遠くに行っちゃうかもしれないでしょ。私は、桜さんの体のことを心配しているのです」

「うむ……美味い。おまえもちゃんと食え。甘い物を食べないから、すぐカリカリするのだ。ほら、食え食え」

「先程、お芋を戴きましたッ。まったく……では、ご主人、桜さんの居場所に心当たりはあるのですね」

「はい……」

主人は、権兵衛《ごんべえ》と名乗ってから、深い事情があると、まるで奉行所で白状でもするかのように、和馬に向かって話した。

「巫女の桜は、こんなことを言ってはなんですが、はしたない女でしてね……まあ尻《しり》軽女《がるおんな》でして、誰にでも色気で近づいてました」

巫女は、神様の代弁者として、宮廷や神社に仕《つか》えている女である。神職とともに、奉納儀式を扱い、神事である神楽を舞う。だが、中には、死霊の口寄せや呪術などを生業《なりわい》とする者もいた。

桜は、きちんと八幡宮に奉職していた者だという。が、気に入った男に近づいて、霊力を授けるなどと胡散臭《うさんくさ》い話をしたり、病気を治してあげると接して、金品を巻き上げることを密かにしていたらしい。

「——あの桜さんが……」

千晶は意外な気がして、少し心が萎《な》えてきた。

「実は、うちには一人息子がいたのですが、桜にすっかり骨抜きにされまして、金も随分と貢《みつ》ぎました。私は気付いていましたが、うちの商売も八幡宮頼みなので、見て見ぬふりをしてました」

「そんな……」

「ところが、しまいには子供ができた、どうしてくれる。金払え……などと騒ぎになりましてね……でも、氏子代表らが内聞《ないぶん》にしてくれて、息子は江戸に逃げていったまま……未だに帰ってきてません」

「なんと酷いことではないか」

和馬も同情して、蕨餅を食べている手が止まった。

「で、その巫女の子はどうしたのですか」

案ずるように千晶が訊くと、権兵衛は辛そうに俯いて、

「うちで引き取ろうと思ったのですが、桜は同じ頃に、何人もの男と関わりを持ってましたからね、うちの倅の子かどうかも……そうこうしているうちに、赤ん坊地蔵ってのがあって、そこに……」

と申し訳なさそうに言った。

千晶と和馬は赤ん坊地蔵に行ったばかりだが、やはり痛ましい事情で捨てられた子に同情せざるを得なかった。

どうやら桜という女は、巫女を辞めてからも次々と男を替えて、あちこちを転々としていたという。男に捨てられるのか、自分から逃げ出すのか分からないが、そういう悲しい性《さが》の持ち主のようだ。

「でも、どうして、この店に帰ってきたんです？」

「店に帰ってきたんじゃないよ……八幡宮に救いを求めたんだ。鳥居を潜《くぐ》らせてくれないから、仕方なくうちに……」

「息子さんがそんな目に遭ったというのに、人が好いですね、ご主人は」

「それも、氏子代表に言われるままにですよ。本当は見たくもない顔でした」

権兵衛は苦々しい顔になったが、それ以上は言わなかった。

「では、桜の行方は結局、おまえも分からないのだな」

和馬が確かめるように訊くと、権兵衛はまた申し訳なさそうに小さな声で、

「浦和宿《うらわしゆく》に、『富士見屋《ふじみや》』という茶葉問屋があります。うちもそこから仕入れているのですが、そのお店《たな》の若旦那も、結構入れ上げてたみたいでして……うちにも何度も探しに来たことがあるんです。唐右衛門《とうえもん》さんといいます」

「その人を頼っていったと……」

「だと思います。産んだ子を捨てて、そのまま他の男の所に行くなんざ……女郎でもしやせんや。それが巫女とは笑わせる……いや、そういう女が巫女になったのか」

「──何人もの男が、ひとりの女に人生を狂わされたわけか……」

やるせない思いで、和馬は溜息をついた。

「よく話してくれた。息子さんが早く帰ってくるといいな。江戸に行ったのなら、俺も力になるよ。名を教えておいてくれ」

和馬は老親に気遣うように言って、浦和宿までは一里ほどだから急ぐことにした。

「やはり、和馬様は優しいのね……」

「え？」

「だって、権兵衛さんに息子さんのことを……」

「あ、いや……適当に言っただけだ。百万人もいる江戸中を探したって見つかるわけがない。しかも、清吉《せいきち》って何処にでもある名だ。見つからないよ。期待する方がおかしい」

「わざと言っているでしょ」

千晶が顔を覗き込むと、和馬は目を逸らした。

「なんで……」

「それくらい分かります。この旅でも時々、何もできない素振りをしてさ……私に嫌われようとしたって無駄です」

千晶はニッコリと微笑みかけると、早足になった。和馬は鼻で笑って、ゆっくりと後ろから追ってゆく。

途中、富士山が綺麗に見える村があった。そこから浦和は目と鼻の先である。

五

浦和宿は、参勤交代などの大名が泊まる本陣や脇本陣がある立派な宿場である。徳川家康《いえやす》の鷹狩り場があったことから、江戸を出て三番目の宿場となり、古刹《こさつ》が多いことから旅人で賑わい、川を使って江戸に船でも行ける。毎月二と七の日には市が開かれるため、商人も多かった。

富士の眺めもいいが、噴煙を吐く浅間山《あさまやま》も見える。旅情が深まった町中を、和馬と千晶は急ぎ足で来ると、権兵衛に教えて貰ったとおり、本陣の対面に『富士見屋』はあった。茶の香りが漂っている、周辺の中で一際《ひときわ》大きな店構えだった。

権兵衛が若旦那と呼んでいた男は、髷《まげ》や鬢《びん》に白いものが目立つ中年だった。千晶がいきなり、桜の話を持ち出すと、唐右衛門は目を見開いて、明らかに迷惑そうな顔になった。

「困らせに来たのではないのです。ちょっと聞かせて貰いたいことが」

「――知りませんよ」

「桜さん、訪ねてきませんでしたか」

「ですから、何の話ですか」

江戸で子供を産み落としてから姿を消した話をすると、唐右衛門は店内にいた奉公人や客を見廻してから、

「こっちへ……」

と茶店の方に案内した。

店に隣接して、広い茶店を置いてある。大通りに面しており、茶葉問屋だけあって、色んな茶を味わえるため繁盛していた。その奥の小上がりの座敷に通されて、和馬と千晶は、唐右衛門と向かい合った。

「こっちも家内《かない》がいますし、店のこともありますから、本当に迷惑しているのですよ……あなた方も、もしかして桜に何かやらかされましたか。そうなのですね」

今度は、唐右衛門の方から訊いてきた。まるで、同じ〝被害者〟に同意を求めてきているような様子だった。

簡単に事情を話してから、千晶が居所を知りたいと言うと、唐右衛門は首を振って、

「分かりません。昨日の夜遅く、暖簾《のれん》を下ろしたところに、桜が来て……」

その時の様子を、唐右衛門は小声で話した。

手《て》っ甲脚絆《こうきゃはん》に杖《つえ》をついた旅姿で、

『これから、上州《じょうしゅう》の満徳寺《まんとくじ》に行くから、幾らか頂戴な』

と手を出したという。

満徳寺とは、俗に言う〝女駆け込み寺〟である。徳川家の祖である世良田義季《せらだよしすえ》の開基だとされる時宗《じしゅう》の寺だ。徳川幕府二代将軍の秀忠《ひでただ》の娘である千姫《せんひめ》が、豊臣秀頼《とよとみひでより》と別れた後、縁切のためこの寺に入ったことで、広く知られるようになった。もっとも、千姫はその後本多忠刻《ほんだただとき》と再婚した。

その寺に入るためには金がいる。いずれの渡世も厳しくて、只で入れる訳ではないのである。男に追われていても、簪《かんざし》を投げ込むことで、その〝結界〟に入ることができるとのことだ。が、安物の簪のため、門番に抛《ほう》り返されることもあるという。

「出家したいなどと殊勝なことを話してましたがね。嘘に決まってます。巫女が尼になるってんですかね……」

唐右衛門は忌々《いまいま》しげに唇を歪めて、

「これっきりにしてくれと、十両ばかり包んでやりましたよ」

「そんなに……」

「縁切り寺の相場だと聞いたことがあります。嘘と知りつつ、とにかく立ち去って貰いたかったからです」

悪い女に引っ掛かったとばかりに、唐右衛門は言い訳めいて言った。

権兵衛から聞いた話からしても、ろくな女に思えなかった。千晶が接した桜は、そんな悪女には見えなかった。ただ、囲われの身の女が不遇な立場になって、ひとりで赤ん坊を産まざるを得ないとしか思えなかった。

「人当たりはいいんですよ。だから私もついほだされて……でも、ガラッと豹変しますからね……くわばらくわばら」

雷を忌み嫌うように唐右衛門は首を振りながら、

「だって、私の前に現れたのは、かれこれ三年振りですよ……あの時だって、かなりすったもんだがあったのに、何事もなかったような顔をして……とんでもない女です。本当に、満徳寺に行って修行すればいい」

と恨みがましく言った。

桜と関わりを持ったのは、権兵衛の息子と同じ時期だったようだが、やはり蕨餅屋と同じように、妊娠したから金をくれというものだった。唐右衛門には妻子がいるし、何度か夜を共にしただけなのに、何代も続いている店を潰《つぶ》されてはたまらないと思ったという。

「まあ、そうかもしれませんが、ご主人も身勝手だと思いますがね」

千晶は軽蔑するような目になった。

「だって、そうじゃないですか。自分の子かどうかは分からずとも、自分のよく知っている女が、子を孕《はら》んで訪ねてきたら、それなりに面倒を見てもいいでしょ」

「いやいや。桜の狙いは金ですよ。孕んだからといって脅しに来られて困ったと言っていた男は、幾らでもいますよ。そもそも、三年も会ってないんですよ。私の子のわけがないじゃないですか」

「でも、誰からも相手にされず、仕方なくひとりで産んだのですよ」

「それこそ自業自得《じごうじとく》ってものじゃありませんか」

「酷い言い草ですね」

「こっちが相手にしないと、柄《がら》の悪い連中を連れてきて、店の前で脅すのだから、商売をしている方にはたまりませんよ」

「それも自業自得でしょう」

「罠《わな》に嵌《は》められたんですよ、こっちは」

「嵌まらなきゃいいだけです。それを男の身勝手というのです。ですよね、和馬様」

千晶が横を向いて同意を求めると、和馬は「あ、まあな」と気のない返事をした。

それが腹立たしかったのか、千晶は思わず和馬の二の腕をつねった。

「アタタ……」

「では、唐右衛門さん。行く先はご存じないのですね」

「満徳寺に行ってみればいいじゃないですか。それ以外のことは私は……」

と言いかけて、唐右衛門はニンマリと苦笑してから、

「大宮《おおみや》かもしれないですな」

「どうしてです」

「桜は元々は、大宮の出だからですよ。嘘かもしれませんがね、大宮の本陣の当主、栗原友右衛門《くりはらともえもん》様が面倒を見ていたこともあるそうですからな」

「――本当ですか……」

千晶が疑り深い目になったのは、これまで桜を知っているという男は、次々と人のせいにしている気がしてきたからである。

「押しつけているだけじゃないんですか。自分は迷惑だからって」

「迷惑を迷惑と思わない女なんですよ。現に、高山様でしたっけ、あなた様のお屋敷に置き去りにしたのでしょ。そういう女です」

唐右衛門がまた苦々《にがにが》しい顔になったが、和馬は平然と見ていた。

「逆に訊きたい……自分と関わった女が、そんなに嫌なものかな。千晶の言うとおり、少しくらい優しくできないものかな」

「いや、あのですな……私はちゃんと十両も渡したんですよ」

「金を渡せばいいってものじゃない」

「だったら、こっちが訊きたい。私が一体何をしたってんですかッ。あんな女、岡場所の女と変わりませんよ。霊力があるだの、あなたの商売運を良くしてやるなどと言いながら、金欲しさにたらし込んでくるだけの女です」

「それでも……だ」

「…………」

「優しい言葉のひとつでもかけてやれば、心は救われたかもしれない。金を寄越せなんて、言わなかったかもしれない」

「ふん……お武家様はまだお若い。しかも、乳母日傘《おんばひがさ》で育ったのでしょうが、世の中を知らなさ過ぎる」

「本気で言ってるのか」

「ええ。それが商いをしてきた、私の智恵です。思いです」

「分かった。二度と『富士見屋』の茶は買わぬ。公儀にもそう伝えておく」

「えっ……ご浪人じゃないので……？」

困惑したように言う唐右衛門に、千晶は微笑み返して、

「高山様はお旗本です。此度の隠密旅で知り得たことは、すべて上役に伝えなければなりませぬ。お覚悟を召されよ」

調子に乗って、千晶が適当に合わせて言ったとき、

「お父っつぁん……おっ母さんが呼んでるよ。大事なお客さんが来たって」

と五歳くらいの男の子が来た。

「あ、そうか……」

唐右衛門は軽く頭を撫でて、子供を先に帰させてから、

「……あの高山様……どうか、うちの評判を落とすようなことは……」

揉み手で腰を折った。

「あの可愛い子が、次の代の主人ってことだな。女房子供に言えないことをするような人にならぬよう、教え育《はぐく》んでやるがよい」

和馬は茶も飲まずに店を出たのであった。その後を、千晶が弾むように追う。

「ちょっと見直したわ」

「主人は悪い人間ではなさそうだが、とどのつまりは、揉め事には巻き込まれたくな

いのだろう。それも人の性《さが》ってやつだ」

と和馬は笑った。

大宮までは二里足らずである。もはや、何も期待しないで、ここまで来たのだから、という乗りで足を伸ばした。

宿場の本陣には、大名のみならず、幕府に赴《おもむ》く朝廷の勅使や院使、公家《くげ》なども宿泊した。それゆえ、建物もふつうの旅籠とは違い、立派な門構えで玄関があり、中には書院も備わっている。

防備も武家屋敷のようにしっかりしており、大名らが利用している間は、他の者が泊まることはできなかった。つまり、大名が利用していないときは、豪商や名士などが好んで泊まることができた。

大宮は、武蔵国《むさしのくに》一宮《いちのみや》「氷川大神宮《ひかわだいじんぐう》」の町として栄えているが、中山道にある近くの宿場町に比べて、さほど大きくはない。蕨宿よりも狭く感じた。だが、八代将軍吉宗ゆかりの紀州《きしゅう》藩鷹場もあるせいか、本陣にも威厳があった。

突然の旗本の来訪に、本陣当主の栗原友右衛門は驚きを隠せなかった。

「小普請組の高山様……ご宿泊されるのは結構ですが、他に町人がおります。構いませんでしょうか」

と丁寧に対応した。

年の頃は、やはり五十絡みであろうか。この男が桜の面倒を見ていたとなると、年寄り好みなのだろうかと、千晶は勘繰《かんぐ》った。

本陣の当主は、苗字帯刀《みょうじたいとう》も許されている地元の名士であり、物腰も落ち着いていた。何より穏やかに湛《たた》える笑みは、どことなく吉右衛門を彷彿《ほうふつ》とさせた。顔つきも商人とは違って、武士に近い凜《りん》としたものがあった。

「今日、帰ることができないので、泊めて貰えれば有り難いが……」

和馬が頼むと、すぐに栗原は、

「奥方様とご一緒で、結構でございますか」

と訊いた。

すぐに千晶は、はい一緒にして下さいと答えると、和馬は戸惑ったが、その様子を見ていた栗原は微笑みながら、

「ご安心下さいませ。離れが空いておりますので、おふたりだけで静かにお過ごしいただけると存じます。さあさあ、どうぞ」

と下にも置かぬ態度で案内した。

さすがに大名が泊まる宿だけあって、造りがしっかりしており、備品も上等だった。

貧乏旗本には贅沢《ぜいたく》な所だが、枯山水の中庭も旅の疲れを癒してくれた。

「——世話になってなんだがな、つかぬことを訊くが……」

また嫌な顔をされ、金でも摑まされて追い返されるであろうと、和馬は思ったが、桜のことを尋ねてみた。『富士見屋』から聞いたとは言わなかった。

「桜……という女の面倒を見たことがあるかな」

案の定、栗原は吃驚《びっくり》した顔になって、和馬と千晶を凝視した。

「知っているのだな」

「はい……桜が、何か致しましたか」

事情は色々と承知しているような様子の栗原だったが、和馬は今度は慎重に、子供を産み落として逃げた話をした。

すると、一瞬、眉間に皺を寄せた栗原は、両手を畳について、

「高山様には本当にご迷惑をおかけいたしました。私からもお詫び申し上げます」

「いや、そこもとが責めを負うことはあるまい」

「いいえ。恥を忍んで申し上げれば、妻を早くに亡くして、仕事に忙殺されていた折に、桜に手を付けたのは不徳の致すところ」

「こういう時に使うのだ」

和馬は千晶に向かって言ったが、首を傾げるだけだった。

「まあいい。栗原殿……そこもとと関わりが深いということだな」

「はい。ですから、桜の赤ん坊がいるならば、是が非でも、私が引き取りとうございます。ええ、桜の子ならば、父親が誰であれ、私の子や孫のように大切に育てます」

かねてより決意をしていたかのような栗原の言動に、和馬と千晶の方が驚いた。

「どういうことですか。子細《しさい》をお聞かせ下さいますか」

千晶の問い掛けに、栗原は大きく頷いた。その揺るぎのない顔は紅潮し、五十男とは見えないほど瞳は爛々《らんらん》と輝いていた。

六

栗原友右衛門は陣屋の当主であるだけではなく、宿場外れに広大な山林や田畑を持つ大地主であった。先祖が鷹狩り場の陣屋を預っていた、文字どおり地元の名士だ。

毅然とした栗原だが、赤ん坊の話を聞いてから、自分の手で抱いてみたいと言った。

千晶が、桜との馴れ初《なそ》めを訊くまでもなく、栗原は自ら語った。

もう三年ほど前のことである。所用があって、蕨宿の八幡宮まで行ったとき、

――こんな可愛らしい巫女がいるのか。

と桜を見て思ったという。

一目惚《ひとめぼ》れした栗原は、桜のことが忘れられなくなった。

「いい年をこいて……と恥ずかしく思ったのですが、どうしようもなく感情が湧き上がってきましてね……でも、よく聞いてみると、この桜は、この大宮の氷川大明神の境内に捨てられていた娘だったと分かったのです」

「捨て子……」

意外なことを聞いて、和馬も思わず身を乗り出した。

「丁度、桜が満開の頃でした」

「ああ、だから桜っていうのですね」

千晶は納得したように頷いて、その子は、仮に小梅と名付けたと告げた。

「桜はまだ生後三月《みつき》くらいの赤ん坊で、指しゃぶりを覚え始めた月齢でしてね。宮司《ぐうじ》はその子を、巫女として育てようと考えたのです。ええ、私も相談されました」

「相談されたというのは……」

「その頃、私たち夫婦は三十になったばかりでしたが、まだ子供には恵まれませんでした。ですから、うちの子にしても良かったのですが、丁度、女房が妊娠しまして、断ったのです」

「そうでしたか」

「しかし、女房は流産になってしまいましてね……なので、桜を養子に迎えようとしたのですが、もし今後、自分たちの子が生まれたことを考えて、宮司さんが育てました。けれど、五歳くらいになって、縁あって、稚児巫女として、蕨の八幡宮に引き取られることになったのです」

「なるほど、そういう経緯《いきさつ》があったのですね」

「ですが、結局、私たちには子供ができませんでした……女房とは、あの時の赤ん坊を引き取っておくのだったねと、よく話していましたが……五年前に、女房は流行《はや》り病《やまい》で亡くなりました。本陣のしんどい仕事をさせていた疲労が重なったのかもしれません」

　栗原の深刻な話を、和馬と千晶はしんみりと聞いていた。よほど後悔していたのか、それとも桜の境遇を憐れんでいるのか、栗原の目頭が熱くなった。

「女房が亡くなって、世話役たちが後妻をと縁談を持ってきてくれましたが、断っておりました。女房はあいつひとりでいいと……ですが、蕨宿の八幡宮で見かけた巫女には、なんともいえぬ惹かれるものがあって……」

「それも縁ですね……」

「はい。とんでもない縁でした……その巫女が、桜だったんですからね。養子に貰おうかと考えていた捨て子の」

和馬たちも驚いて、話の続きを聞いていたが、なんともやるせない思いになってきた。栗原は、その時はまさか八幡宮の巫女が、桜だとは思ってもみなかった。ところが、事実を知ったとき、今からでも養子にしたいと願うようになった。

「それで、私は八幡宮の宮司に相談をして、色々な手続きをした後に、養子として迎えることにしたのです。ところが……」

栗原は喉が詰まったように嗚咽《おえつ》しそうになった。それでも必死に我慢して、

「——桜は、その頃にはもう、巫女でありながら、参拝してきた男衆も含めて、密かに色仕掛けで虜《とりこ》にし、金品を手にしていた……そんな娘になっていたんです」

「…………」

「それでも、私は自分の娘にする覚悟をし、この本陣まで連れて帰りました……桜は氷川大神宮を懐かしむこともなく、部屋に入るなり……私に抱きついてきました」

その時の様子を、栗原は泣きそうな声で続けた。

『よしなさい、桜……はしたない真似は』

『なに言ってんのさ。あなただって、そのつもりで私を買い取ったんでしょ。八幡宮の宮司さんには、かなりのお金を払ったそうじゃないの……だから好きなようにしていいんだよ。この体を、うふふ……』

桜のはちきれんばかりの体に、図らずも栗原は欲望を抑えきれなくなり、男女の関係を結んでしまったのだ。

「――自分の子ではないが、娘にしようと思った女を、この手で抱いてしまった。私はなんという愚かなことをしたのだと、地獄に落ちればいいと思ってましたが……桜の方はあっけらかんとしていて……『そのために金で買ったんでしょ。遠慮することないよ』となんとも感じていないようでした」

それからも桜は、栗原の目を憚《はばか》ることなく、行きずりの男を本陣に誘い込んでは、まるで娼婦のような暮らしをしていたという。栗原は時には叱りつけたが、

『なにさ、父親でもないくせに。もちろん、夫でもないわよねえ』

と手が付けられないくらい、性悪女《しょうわる》のようになっていったという。自分が捨て子だったということも知っており、二親《ふたおや》のことはまったく分からず、愛情に飢えていたのだろうと、栗原は言った。

「そうですかねえ……」

千晶は真剣なまなざしになって、栗原に意見するように言った。

「私も親のことはハッキリとは知りません。親の情愛を受けて育ってもいません。でも、世間様には大変、世話になった。世間という親に育てられた。藪坂先生という偉い先生にも恵まれた。だから、私は産婆としても、ちゃんと芽生えた命を大切にしたいんです」

「そうですな……あなたのおっしゃるとおりだと思います」

栗原は顎を引いて頷いたものの、悲劇の主人公のように嘆いた。

「ですが、私が悪かったのです……私が手を付けたことで、桜は余計に傷つきました……『所詮、男はそんなものだ。あんたも一緒じゃないか。養女に手を付けるのは最低じゃないか。ハハ、お笑い種《ぐさ》だ』と、私を責め立てるのです。そりゃ、当然です」

宗門人別帳や氏子帳にも、きちんと養女にしている。だからこそ、栗原は罪人に等しいと自分のことを思っているのである。

千晶は、心の中では、桜の気持ちが痛いほど分かっていた。そして、できることなら、遊女とは違う〝苦界《くがい》〟から救いたいと思った。それができれば、旅をしてきた意味もあるのではないかと感じていた。

「――失礼な言い方ですが、一生、悔やんでいて下さい。桜さんの赤ん坊なら欲しいだなんて言わないで下さい」

「………」

「桜さんは何処にいるか、当てがありませんか。あなたにも分かりませんか」

「いいえ、それは……」

首を横に降る栗原だが、千晶は強い口調で言った。

「なんとかしたいんです。母と子の絆を繋ぎ直したいんです。自分が捨て子だったのなら、きっと今頃、悔やんでいると思います。なんとしても、もう一度、会わせたいんです」

「………」

「たった一日でも、赤ん坊の顔は変わります。だから、私……」

言っている自分も情けなくなってきた。千晶が最後まで面倒を見ていれば、お産に立ち合っていれば、桜はいなくなることはなかったのではないか——そんなふうに思えてきたのである。

「千晶……満徳寺に行ってみよう。『富士見屋』が言ったとおり、駆け込むなら、それはそれで良かろう」

和馬はそう言うと、栗原が「おや？」という顔になって、

「桜が満徳寺に……まさか、そんな……仮にもここが実家ですから……きっと、それはここの本陣のことです」

と言った。

「え？　どういうことです」

「何処に行こうと、何か困ったことがあったら、いや何かしでかしても、ここなら駆け込み寺と同じだから、帰っておいでと……」

常々、栗原は言っていたという。この三年の間に、帰ってきたのは一度だけだったが、その時も、何か悪さをして、お上《かみ》に追われていたようだった。しかし、二、三日匿《かくま》っていたら、知らぬ間にいなくなっていたという。

「なるほど、駆け込み寺ね……だったら、赤ん坊は、実家とやらで産めばよかったのにな。そしたら、俺たちも関わらずに済んだ」

和馬は冷たく言い放つと、サッと立ち上がって、

「もうよかろう、千晶。おまえも気が済んだはずだ。小梅は、折を見て、ここに届けるか、大助夫婦の子にするか、それとも……」

「それとも……」

「俺たちが一緒に育てるか。そう決めようではないか」

「えっ……」

千晶は吃驚したように、まじまじと和馬を見つめて、

「そ、それって……私と……夫婦になりたいってことですか……」

と頰を赤らめたときである。

「曲者《くせもの》！　曲者だッ。出会え、出会え！」

怒声が上がった。まさに武家屋敷同然の広さや間取りであり、日頃から、警固役の腕利きの侍も雇っている。ドタドタと激しい足音とともに、数人の警固役が刀を手にして、廊下に駆けてきた。

立ち上がっていた和馬も障子を開けて、部屋から出てみると、警固役たちに追われて逃げている盗っ人らしき姿が見えた。女物の丹前のようなものを被《かぶ》って、廊下を玄関の方へ向かっている。

だが、行く手からも警固役が来るのが見えたのか、賊はヒラリと縁側から飛び降りて、枯山水の庭を軽快に跳ねて逃げた。宿にいる客も驚いて、部屋から見ている者もいた。

賊は庭を駆け廻り、まるで忍びのように灯籠をひらりと飛び越えて、裏手に逃げ込もうとした。が、和馬が素早く先回りし、向かってくる賊に手刀を打ち込み、足を払

った。

「やめてよッ。もう分かったからさあ！」

倒れて悲鳴を上げたのは女の声だ。和馬が丹前を剝ぎ取ると、若い娘だった。

次の瞬間、廊下に踏み出た栗原が、

「――桜……桜じゃないか！」

と呼びかけた。

女は手にしていた巾着袋も砂利の上に投げ出した。チャリンと小気味よい音がして、数十枚はあろう小判が飛び散った。

「返しゃいいんでしょ。実家の金を貰って、何が悪いんだよ」

ふてくされて胡座《あぐら》をかくように座った女は、細面の美しい顔だちであった。パッと見た目は桜に似ているが、桜ではない。

思わず裸足のまま中庭に降りた千晶は、女に近づくと、左頰の辺りをまじまじと見てみた。少し白く化粧をしているせいか、はっきりとは見えないが、耳の下辺りにたしかに痣っぽいのがある。

「あなた……桜さんじゃないわよね……」

「はあ？　桜だけど、あんた誰」

「私たちが探している桜さんでは、ないですよね……」

「知るもんか。あんたが誰を探してるかなんて。あんたこそ誰だよ」

「……千晶です」

　まじまじと顔を見つめる千晶を、女は睨み返して、

「あなた。赤ちゃんを産み落としてから、逃げてないですよね」

「気味悪いな、もう……」

「いつの話、してんだい。そんなのもう二年も前だよ」

「その子はどうしたの」

「志村の赤ん坊地蔵に預けたよ。あの辺の村の人が貰ってくれてるよ。あんたに何の関わりがあるんだよ、このタコ」

「では、無事に育ってるんですね」

「そうだよ。そのために、金が要るんだよ。いいだろ、親父。どうせ金なんか、腐るほど余ってるんだからさ」

　蓮っ葉な感じで言う女に、思わず和馬が、

「小判は腐らないぞ。腐ってるのは、おまえのようだな」

　と言うと、栗原が間に入って止めるように、女に近づいて肩を抱き寄せた。

「気持ち悪いよ、放しておくれよ」

だが、栗原は強く抱きしめて、大粒の涙を流しながら、

「済まぬ……済まなかった、桜……勘弁してくれ……これからは、おまえをちゃんと娘として見守っていくから……おまえが産んだ赤ん坊も、私の孫として引き取るから……どうか、どうか……許しておくれ……」

と必死に詫びた。

「な、なんだよ……やめておくれよ……」

警固の侍たちも、栗原の〝養女〟だと分かると、離れて見守っていた。

和馬と千晶は、何とも言えぬ顔で、目を見合わせた。

「――のようね……」

「だな……」

その夜、ふたりは宿に泊まり、これまでの経緯《いきさつ》を〝もうひとりの桜〟に話しながら、遅くまで色々と語った。

噂に聞いていた雰囲気とはまったく違い、垢抜《あかぬ》けて朗《ほが》らかな娘だった。巫女に飽きして、男を適当に誑《たぶら》かして暮らしていたのは事実のようだが、近頃は産んだ子のことが心配になって、蕨宿辺りの旅籠などで働いていたが、飯盛り女の真似事もして

いた。

　金に困ると、以前、関わりのあった男のところに出向いて無心をしたり、半ば脅し取ったりしていたようだった。これまでも、本陣にこっそり戻ってきては、幾ばくか盗んでいたそうだ。

　翌朝――和馬と千晶は、荒川《あらかわ》を下る船で江戸まで一気に帰った。

「とんだ旅だったな……振り出しに戻って、また探すか」

　和馬が溜息混じりに言うと、千晶は妙にサバサバしていて、

「でも、あの桜さんが、あの桜じゃなくてよかったかも」

「どっちが、どっちだよ」

「大宮本陣の桜さんも、母心はずっとあったわけだから、どうにかなるんじゃないの。栗原　某《なにがし》さんも凄く反省して泣いてたし……うふふ、それに……」

「それに？」

「和馬様が私のこと、嫁にしてくれるなんて、思ってもみなかったから」

「そんなこと言ってないだろ」

「言いました。桜さんの子を俺たちで育てようってね」

「ああ。ふたりで交替で面倒を見ようってことだ。夫婦になろうなどとは言ってな

い」

「うふふ。照れちゃって、まあ……」

「都合良く、勘違いするな」

「勘違いするようなこと言わないで下さい。本気だと受け止めてるからね。うふふ」

ふたりは何となくおかしくなって笑いながら、〝本物の桜〟を探すために、横川町の長屋に戻って、大助お花夫婦に事情を話した。飛脚の話も大間違いではなかったが、狙いからは外れていたということだ。

「まこと、人探しは難しい……ところで、赤ん坊は？」

和馬が訊くと、お花は安堵して胸に手を当てながら、

「ああ。それなら、桜さんが迎えに来たんですよ。本当によかった、よかった」

「えっ……」

「迎えに来た……ということは、帰ってきたってことか」

「あら、うちの旦那から報せを受けて帰ってきたんじゃないのかい」

「いいや……」

「おかしいねえ。追いかけたんだけどねえ。飛脚の足にかけて」

船と陸で擦れ違ったのであろうか。和馬と千晶は溜息をついたが、お花は残念そう

にしょぼくれた顔で、

「私としては、あの子を貰って育てても良かったんだけどさ。本物のおっ母さんが、そりゃ一番だべさねえ」

「だべさって……で、桜さんは？　この長屋ではなくて、何処に」

今度は千晶が訊くと、お花は少し考えるように首を傾げて、

「ええと……なんてったっけ、なんとか庵ちゅう、ほら『関前屋』の、向島にある」

「そこは追い出されたんじゃないんですか」

「それがさ、なんだか知らないけれど、とりあえず、そこで面倒見てくれるって。いくら妾の子といっても、亡くなった主人の子だからさ、やっぱりお内儀も心が痛んだんじゃないかねえ」

先々のことはともかく、当面は『関前屋』の子として育てるということらしい。

和馬と千晶は、『腐心庵』に出向いてみた。

その寮は、さすが萬請負問屋『関前屋』の別邸と思うほど立派な屋敷だ。それぞれの季節になれば、美しい花が庭に広がるだろう。桜の樹も何本もあって、二分咲きくらいになっている。鶯《うぐいす》やメジロの可愛らしい鳴き声も聞こえている。

何処かから、シャッシャッと竹箒《たけぼうき》で掃除をしている音がした。

「桜さんかな……」

和馬と千晶が中庭の方に進むと、襷《たすき》がけをした若い女がいて、縁側の下辺りの石畳を丁寧に掃いていた。立ち姿は、涼やかなくらいで、化粧っけのない顔は無表情だが、修行僧のように真剣なまなざしだった。

気配に気付いたのか、女の方も和馬たちに振り向くなり、

「千晶さん……！」

と言ってから、深々と頭を下げた。

女はまさしく桜だった。和馬とは初対面だが、もう一度、礼をしてから、

「大助さんとお花さんから聞きました。私を探しに出かけてくれたって。本当に、ご迷惑をおかけしました」

「ええ、それは、まあ……で、どういうこと」

「実は、あの子を高山様の門前に置いてから、私、もうどうでも良くなって、死ぬ決心をして、荒川の方に行って身投げをしようとしたんです。いい塩梅《あんばい》に水嵩《みずかさ》も増してましたからね」

「そんな……」

「袖に石を沢山入れて飛び込もうとしたら、助けてくれたんです。あの御方が……」

縁側の内側にある座敷を振り返ると、袖無し羽織の男が、まだ小さな赤ん坊を抱いてあやすかのように立っている。

その姿を見て、和馬と千晶は目を丸くして、

「吉右衛門！」「ご隠居さん！」

と同時に言った。

振り向いたのは、たしかに吉右衛門で、「よう」という顔で微笑んだ。

「──こんな所で、何をしてるんだよ」

和馬が言うと、桜はびっくりしたようにふたりを見て、

「あの御方をご存知でしたか……私が飛び込もうとしたのを止めてくれ、それから事情を話したら、『関前屋』に掛け合ってくれて、話を色々と纏《まと》めてくれ、しばらく、住み慣れた庵でお世話になることになったのです」

と言って、嬉しそうに笑った。

「吉右衛門……おまえ、勝手にいなくなったくせに、こんなことを……」

「こんなことなんて、とんでもない」

桜は潤んだ目で、吉右衛門を見ながら、

「命の恩人です。私は大きな間違いを犯すところでした。それを諄々《じゅんじゅん》と諭してくれ、

こうして、母子が一緒に暮らせるようにまでして下さって。感謝の言葉もありません」

と心を込めて言った。

「──つまり、俺たちが明後日《あさって》の方に行っていた間に、吉右衛門……おまえが何もかも片付けていたってことか」

「さあ、和馬様たちのことは知りませんが……おっ母さんに会えて良かったでちゅね……にゃひにゃひ……だよね、小梅ちゃん」

吉右衛門が自分の孫でもあやすように、赤ん坊を腕の中で抱いているのを、和馬は呆れた顔で見ながら、

「名前も、小梅に決まりなのか」

「ええ。可愛いものねえ。なんなら、私が父親が代わりになってもいいと、桜さんに話していたところなんです」

「おいおい。その年で……」

「年なんぞ、関係ありません。ですよね、桜さん」

「はい。宜しくお願い致します」

「──ま、勝手にどうぞ。とにかく、良かった。ああ、これで良かった」

和馬と千晶も心から安堵した。

「それにしても、吉右衛門……よくぞ、偶然、助けてくれたな」

そう言う和馬に、吉右衛門は近づいて、小声で言った。

「たしかに偶然です……門前に置き去りにするのを見かけなかったら、どうなっていたことやら……赤ん坊は千晶さんが拾い上げるのを見たので、私は母親の方を尾《つ》けて……それだけのことです」

「…………」

「いいですね。桜はまだ心身ともに安定していないので、刺激的なことは言わないように。よろしいですね、ご主人様」

「ご主人様……？」

「お嫌でなければ、ですが……」

吉右衛門と和馬がぼそぼそ何か話していることには気付かず、千晶と桜は赤ん坊のことを色々と話しているようだった。

和馬が仕方なさそうに、「また雇ってやるか、中間として」と言うと、吉右衛門もありがたいと頷いてから、

「後ひとつ……ここの『腐心庵』ですがね。本当は、『不信庵』だったそうです」

「どういうことだ」

「韓非子《かんぴし》の言葉にありますよね……人主《じんしゅ》の患《うれい》は、人を信じるに在り。人を信ずれば、則《すなわ》ち人に制せらる……要するに人を信じすぎたら、逆に裏切られますよってことです。特に、臣下の者にね」

「…………」

「私を信じるのも程々に……でも、旅で出会った人たちを信じたからこそ、もうひとりの桜を和馬様たちが救えたのかもしれませんな」

「えっ……」

「そういうことです。それにしても無事に、ご帰還されて良かった……千晶さんとの仲も深まったようだし、楽しみですな」

何処まで分かっているのか、出鱈目《でたらめ》なのか、和馬はいつもながらの吉右衛門の顔を見て、内心はホッとしていた。

また鶯が気持ち良さそうに鳴いている。

第三話　欲惚《よくぼ》け女

一

相撲寺《すもうでら》と知られる萬徳院《まんとくいん》裏にある堀川《ほりかわ》沿いの道を、吉右衛門は夕陽を眺めながら散策していた。遠くの焼けた富士山と満開の桜も相まって、美しい光景だった。

すると、すぐ近くで、

「分かってんのか、こら！　約束を守らないのなら、出ていきな！」

と女の怒声が起こった。

吉右衛門も吃驚《びっくり》して猫のように跳《は》ねたが、振り返ると、近くの長屋の木戸口に、女相撲の力士かと思えるような女が立っていた。年の頃は、四十過ぎの大年増《おおどしま》であろうか。立ち尽くしている吉右衛門を見て、

「あら、ご隠居さん……今日は桜も見頃だし、丁度、夕陽も綺麗だし、散歩に適していますよねえ。おほほ」

とシナを作りながら微笑《ほほえ》んだ。

ご隠居と呼びはしたが、吉右衛門と面識があるわけではない。ただ風貌が年寄りなので、そう声をかけたのであろう。怒鳴ったばかりのその顔と声がガラッと変わったことにも、吉右衛門は驚いていた。

「御免《ごめん》あそばせ」

女は吉右衛門にはニッコリとしながらも、長屋の中を振り返ると、

「分かってんだろうな。おまえら。明日までだぞ、明日!」

と腹の底から、爆発するような声で、誰かは分からぬが住人を脅して立ち去った。

「──あれは、誰だい」

見送りながら、吉右衛門が、木戸口に怯《おび》えた顔で立っている職人らしき中年男に声をかけた。この男も、なかなか武骨な顔つきなのに、全身がぶるぶると震えている。

「い、今のは……地主でさ、この長屋の」

「へえ。女なのに力士みたいな押し出しだし、肝《きも》も据《す》わってそうだな」

「そりゃもう……名は体をあらわすじゃねえけど、お寅《とら》と言いやしてね、この辺りの

長屋の地主だから、みんなびくついていてやす」

　中年男は長屋の自宅で、桶《おけ》職人をしているという。家賃が二日遅れただけで、あの雷だから恐くて仕方がないと話した。他の住人たちも、下手《へた》すれば嚙み殺されるのではないかと恐がり、絶対に家賃支払日を守っているとのことだった。

　表通りで、女は太物《ふともの》を扱う商売をしているらしい。呉服屋や絹問屋は、大名や旗本、豪商などを相手にすることが多いが、太物問屋は木綿《もめん》を主に扱っているから、庶民との付き合いがほとんどである。身分の高い人たちにも木綿は必要だが、お寅の店は本所・深川界隈では、かなり稼ぐ大店《おおだな》だった。

「その女主人でさ……『桔梗屋《ききょうや》』って知りませんか」

　桶職人の話を聞いて、吉右衛門は「ああ」とすぐに分かった。

「ま、でも……女主人でも雇われだけどね……深い事情は知りやせんが、握ったものは埃《ほこり》でも放さないってくらいケチなんで、奉公人も嫌がってるって噂です……外面《そとづら》はよくて、内には厳しい」

「なるほど。それにしても、分かりすぎるくらい、裏表がハッキリしているな」

「自分では気付いてないと思いやすよ。そこが不思議なんですよ」

　怒鳴ったと思うと、破顔の笑顔で優しく言うらしい。それを見ていて、「大丈夫か、この女」と思うくらいの激変らしい。

「それはそれで、面白い人格ではないか」

「人格……冗談じゃありやせんや。あんなのが側《そば》にいるだけで、こっちの方がおかしくなっちまいやすよ」

桶職人はそう言うと、井戸端の長屋のおかみたちと二言、三言、お寅の悪口を交わしてから、部屋に戻った。

――あれが、お寅……か。

吉右衛門は納得するように頷いたが、さして気にすることもなく、散策を続けた。

だが、数日後の夜、偶然だが、門前仲町《もんぜんなかちょう》の蕎麦屋《そばや》の二階で、お寅と隣り合った。

もっとも、衝立《ついたて》で仕切られていたから、お互いに顔は見えない。吉右衛門は待ち合わせた女が来ないので、何気なく衝立の向こうの声を聞いていた。

低く穏やかに喋っているが、お寅ではないかと感じていた。先日、一度聞いただけだが、いがらっぽい声質が、耳に残っていたのである。こっそり体をずらして見てみると、たしかに、お寅だった。

「そりゃ本当かい……伸助《しんすけ》のやつ、江戸から帰ってきたのかい」

深川界隈の人たちは、江戸府内であるにも拘《かか》わらず、永代橋の向こうの城辺りを

「江戸」という癖があった。

　お寅は、島田《しまだ》に結った髪を撫でながら、相手の男に訊いた。相手の男の顔までは、吉右衛門の席からは見えなかった。だが、妙に餅《もち》みたいに引き延ばす喋《しゃべ》り方の男の声にも、吉右衛門は耳を澄ませていた。

「ああ、そうだがねえ……永代橋の上で、たまたま会うてなあ」

「そうかい。帰ってきやがったか。こりゃ、面白いことになりそうだな、貫平《かんぺい》」

　お寅は嬉しい時は、何度も何度も髪の鬢《びん》の辺りを撫でる。

「何が面白いことになりそうなんだね」

　貫平が怪訝《けげん》そうに訊くと、お寅は声を少し低めて答えた。

「話してなかったかい、伸助のやつ」

「え……？」

「伸助のお父っつぁん、鉄次《てつじ》さんが、藪坂先生の深川診療所に、ずっと入りっぱなしなのは知ってるだろ」

「うん、伸助、言ってたなあ。去年の暮れになって急に入ったけれど、あれから容態《ようだい》は良くなってないらしい……おっ母さんが時々、泊まり込んだりして大変だから、様子見に帰ってきたと」

「それで……」

お寅は身を乗り出して、目を輝かせた。

「どんなこと言ってたんだい」

「ええっ、どんなって、そうだなあ……おふくろには、見舞いに来て貰って世話になってるらしいとか……」

どうやら、貫平というのは、お寅の息子のようだった。

「世話どころと違うぞ、おまえ。下《しも》の世話までさせられてるんだよ。義理の兄弟姉妹だといってもなあ、勘弁しろよだ」

げんなりした顔を息子に向けて、お寅がわざと眉間に皺を寄せたとき、「おまちどおさま」と、お運びさんが盛り蕎麦を持ってきて置いた。とたん、お寅は裏返った声で、

「いつも、お疲れ様ですなあ。ここのお蕎麦は美味《おい》しいから、三日に一度は食べないと、お腹の中が落ち着かないのよ」

と笑った。

その前に、お運びさんは、五段重ねの盛り蕎麦をみっつ丁寧に並べて、「毎度、ありがとうございます」と立ち去った。

「おふくろ……食いすぎだろ。女中さん、笑ってたぜ」

「いつものことだよ。それより、もっと聞かせな、貫平。何か変わった様子はなかったかい、伸助の態度とか言葉遣いに」

「さあなあ……相変わらず、真面目で人が好さそうな感じで、俺にも元気かって、優しく言葉をかけてくれたよ」

「何が人が好さそうだッ、だよ。外面《そとづら》がいいだけの、極悪非道な輩《やから》だよ。ズズズッ」

お寅は腹立たしげに、つけ汁に蕎麦を軽く付けると、面白いように音を立てて吸い上げた。その様子を見ていた貫平は、我が母親ながら、物凄いなあと思った。

「まるで滝のようだなあ……口の幅一杯に蕎麦が並んで、一挙にズッと消える……なかなか真似できねえなあ」

「バカか、おまえは。滝は上から下に落ちるんだよ。蕎麦は下から上だ」

「喉《のど》を過ぎたら、ドッと落ちるだろうに」

「下らないこと言うんじゃないよ」

ズズズっと吸い上げるように、都合十五枚の盛り蕎麦は、あっという間に、お寅の胃袋の中に消えた。だが、貫平の方は蕎麦なのに、一々、嚙み切って、ねちねちと食べている。その様子に苛《いら》ついたように、

「さっさと食いなさいよ、男のくせに」

「――あまり、蕎麦は好きじゃないんだよね、俺……」

「江戸っ子のくせに一々、苛つくねえ……それより、伸助だよ。他に何か話してなかったかい。挨拶じゃなくて、もっと肝心なことだよ。例えば店のこととか、金のことか」

「金のことばかりだな、おふくろの頭の中は……どうなってんだろう」

「黙れ、クソガキ。女手ひとつで、誰がおまえを育てたと思ってんだい」

「おふくろだよ、ズズ……」

「本当に誰に似たのか苛つくねえ。お父っつぁんだって、もっとシャキッとしてたよ。餅に喉を詰めて死ぬまではね」

「喉に餅を……だろ」

「なんで、そう人の揚げ足を取るんだい」

「おふくろが苛つくのは分かるよ……お父っつぁんが餅を喉に詰めたのは、正月に吉《よし》原《わら》遊女の所で遊んでいた最中だもんな……お陰で、弁償金貰って贅沢《ぜいたく》ができた」

「おまえねえッ」

いきなりガツンと盛り蕎麦のせいろの枠で頭を叩いた。

「あぁあ、こりゃあ、痛えなあ……な、何するんだよう」

「痛いくらい、勢いよく言えよ。なんだねえ、まったく。ほんと、おまえを見てたら苛々するよう。もういい、じゃあな」

「どこへ行くんだ」

「決まってるだろうがよ」

お寅は着物の袖に飛び散ったつけ汁を手拭いでサッと拭きながら、

「深川診療所に決まってるだろうが。鉄次さんを見舞いに行くんだよ」

「どうして。なにも、こんな夜に行かなくても……」

「本当に鈍いな、おまえは……伸助が急いで江戸から帰ってきたってことはだぞ。死ぬに決まってるじゃないか。大川の土手の桜もそろそろ散り始めたしな」

「誰が死ぬんだい」

「誰がって……バカか。ちょいと様子見てくるからな。こりゃ、面白いことになった。本当に、面白いことになったぞ」

とニマニマしながら、お寅が立ち上がると、隣りの席に座っている吉右衛門に気付き、アッという目になった。

「──こんばんは……」

吉右衛門の方から挨拶をすると、お寅も思い出したのか、

「ああ、この前のご隠居さんではありませんか……誰かとお待ち合わせですか」

と声の調子が変わって微笑んだ。

「ええ、まあ……」

吉右衛門が曖昧に答えたとき、階段を登ってきた楚々とした雰囲気の商家の女将《おかみ》風の女が、「お待たせしました。吉右衛門さん」と言いながら近づいてきた。如何にも上品で、人妻の色香をぷんぷん発している。

お寅は値踏みするように、その人妻風を頭から裾まで見ながら、

「──なんともまあ、お美しい……ご隠居さん、吉右衛門さんとおっしゃるのですね……あらまあ、隅に置けませんこと」

とニッコリ笑うと、そのまま猛牛が床を踏み鳴らすような勢いで立ち去っていき、階段を降りる足音も太鼓のように響いていた。

人妻風は吉右衛門の前に座るなり、

「今のは、たしか『桔梗屋』さんの……」

「ええ、女将さんらしいです」

と吉右衛門が答えると、衝立の横からひょいと貫平が顔を出して、

「俺が息子の貫平です。おふくろは、ああいう感じですが、人は悪くないです。どうぞ、宜しくお願い致します」

と言うと、人妻風も思わず、

「はい。存じ上げております。私は京橋《きょうばし》にある『越後屋《えちごや》』という縮緬《ちりめん》問屋の女将で、久実《くみ》という者でございます。お互い女の身での商い、頑張りとう存じます。以後、お見知りおきのほど」

深々と頭を下げて挨拶をする久実に、貫平もニコリと笑って、

「馬鹿息子の貫平です」

と言って衝立の向こうに消えた。

吉右衛門と久実は声を出さずに、顔を見合わせて笑いを噛み殺した。

二

深川診療所に着いた頃には、月も綺麗に昇っていた。

表から見ると、古刹にしか見えないのは、破《や》れ寺を借りているからだ。診察の刻限はとうに過ぎており、表の山門は閉まっているが、裏手の勝手口には番人がいて、急

用なら出入りできる。

お寅の顔を見て、「これは、女将さん」と馴染《なじ》みだからか、すんなり中に入れてくれた。目当ての病室は、本堂の裏にある。いわゆる裏堂だが、ここには重篤《じゅうとく》な患者だけが〝入院〟していたのである。

すでに行灯《あんどん》の明かりは消されていたが、襖《ふすま》を開けて、お寅が入ると、その奥にある布団には、鉄次が眠っていた。

病のせいか、すっかり白くなり、顔色も悪く、頰は瘦《こ》けていた。

鉄次の側には、付きっきりで看病をしているのか、女房の千鶴《ちづる》が、やはり疲れた顔で座っていた。小柄な上に、夫の病気を苦にしているせいか、一層小さく見えた。

「どんな案配かね」

お寅はなぜか微笑み顔で訊いた。

驚いたのは千鶴の方であった。このような遅い刻限に来たのが不思議であった。

千鶴から見れば、お寅は、亭主の弟の女房である。義理の妹でありながら、様子は見に来るものの、看病などしたことはない。しかも、肝の臓を患《わずら》って闘病しているとはいえ、まだ『桔梗屋』の主人である。太物問屋組合の鑑札《かんさつ》も、鉄次である。

千鶴は、鉄次はずっと寝ているからと追い返そうとした。が、お寅は、ズカズカと病室にしている座敷に入ってきた。

薄暗い室内で、鉄次はうつらうつら眠っていた。

お寅は、品定めでもするように室内を見ると、深い溜息をついた。傍《かたわ》らにある水挿しや薬袋などを手にとって見て、

「ふーん、そうか、ふーん」

と意味不明なことを呟きながら、座りもせず、しばらくうろついていた。

気配にうっすらと目を開けた鉄次は、お寅がいるので、仰天して飛び上がりそうになった。だが、まったく力が入らない。鉄次は悔しそうに口許《くちもと》をゆがめると、体をずらして目を閉じた。

お寅は、そんな鉄次に声をかけるでもない。ただ、座敷を歩き廻ってから、

「うちの貫平が、伸助と会ったと言ってたけれど……伸助は？」

と訊いた。

「家に帰ってるよ。色々と後始末に」

「へえ、そうかね……私はまた、えらいことになったのかと思ってな、心配して駆けつけたのだけれど……何事もなくて良かった。では、また明日にでも」

とだけ言って、お寅は出ていった。

「――おい……」

鉄次は目を開けて、ようやく布団から出した細い手で、千鶴に手招きした。

「お水ですか？」

「いや……」

寂しそうな顔で、鉄次は何か言いかけたが、口を閉じた。

ほんの一月《ひとつき》前までは、名前どおり筋骨隆々としていた体が、今はすっかり萎《な》えている。肝の臓に治りにくい腫れ物が広がっているのだ。死病であるのだが、医師の藪坂甚内は本人には知らせていない。

鉄次は若い頃はみかん船や材木船の水主《かこ》として乗っていたこともある屈強な男だ。陸《おか》に上がって、山林の伐採人や大八車曳き、普請場人足など、何でもしていた。根っからの体を使う働き者で、酒の入った四斗樽《しとだる》を持ち上げるほどの力持ちであった。それが病に倒れたとたん、見るも無残に痩せている。

黙ったまま、鉄次は寝返りを打った。そして、意を決したように千鶴に訊いた。

「俺は、死ぬのか？」

「！……」

千鶴は心の臓を摑まれたように吃驚《びっくり》した。

「な、何を言うんですか、唐突に」

「唐突はお寅だ……こんな真夜中に、あいつが来たということは、俺はもうダメだということだろうと思ってな」

「そんな馬鹿なこと……仕事のことで訊きたいことでも、あったんじゃ……」

「仕事な……お寅に店を任せたのも、間違いだったかな」

悔やんでいるように、鉄次は顔を顰《しか》めた。

若い頃、体を酷使して働いた金を貯めて、鉄次は太物問屋『桔梗屋』を始めた。木綿布を扱うのは、どんな仕事にも欠かせないものだと知っていたからである。まだ二十半ばだったが、思い切って『桔梗屋』という店の鑑札を買い取り、商人に転じたのだ。

丁度、その頃、近くの大店に奉公していた千鶴を見初《みそ》めた鉄次は、夫婦になってくれと拝み倒して一緒になった。その際、上州《じょうしゅう》の故郷の村から、弟の徳三《とくぞう》を呼び寄せて、手代頭《てだいがしら》として働かせていたのだ。

その女房が、お寅であるが、洲崎《すざき》の漁師の娘だけあって、なかなか性根が強く、徳三の尻を叩いて頼もしく見えた。だが、長年、付き合っていると、

――金に汚い女。

と思えるようになってきた。貧乏して苦労したからというのが、お寅の話だが、なぜそこまで金に執着するのかは、誰にも分からないことであった。

千鶴は水挿しで水を飲ませようとしたが、鉄次は遮《さえぎ》って続けた。

「さっきな……枕元に立っているお寅を見たらな、死神に見えてな……」

「馬鹿なこと言わないで。あの人はいつも、あんな顔してるじゃないの」

静かに言い返す千鶴に、鉄次は何か言おうとしたが、短い溜息をついただけで、枕に頭をあずけるように横になった。

どこかから、犬の遠吠えが聞こえた。

そんな二人の様子を、お寅は廊下で耳をそばだてて聞いていた。

「――私が死神か……ふん。だったら、おまえらは貧乏神夫婦か」

お寅は鼻で笑ってから、その足で、洲崎の実家近くにある長屋まで行った。

そこには、お寅の実弟の政吉《まさきち》が、女房のお初《はつ》とふたりで住んでいた。父親の漁師を継《つ》いだのだが、近頃は水揚げが少なくて、子供ふたりを食わせるのに精一杯だという。

政吉は、鉄次が死にかかっていると聞いて、驚いた。お寅はその顔を覗き見て、

「ああ、とうとうだよ。どう思う?」

と訊き返した。

土間で漁網《ぎょもう》を修繕していた政吉は、感慨深げに、

「そうか……鉄兄貴がなあ……」

「何を落ち込んでるんだよ。鉄次さんが極楽浄土に行ったら、ひひひ……」

お寅は急に声を殺して笑い始めると、政吉の手を握って、

「店は私のもの。あんたらにも、楽させてあげることができる。『桔梗屋』の調子はまあまあいいから、政吉……おまえも、こんな辛い仕事しなくていいんだよ」

「え、ああ……でも、俺は漁師が性に合ってるし……」

「うちの順之助《じゅんのすけ》兄さんも、余所《よそ》へ行って何処で何してるか分からないから、あんたと私で、しっかり商いをしていこうじゃないのさ」

順之助とは、お寅と政吉の長兄のことである。

鉄次が十五両を元手に『桔梗屋』を始めたのが、丁度、二十年前。その際、漁師が嫌で、材木問屋で奉公していた順之助を、『桔梗屋』に呼んで、店主にして、鉄次は番頭になっている。順之助は十五の頃から、大店で手代として働いていて、算盤《そろばん》に長《た》けていたからである。むろん、鉄次とは以前から、仲の良い飲み友だちだった。

いわば、店主として経営を任せ、実際に客と商売取り引きをするのは、鉄次が請負っていた。そして、上州から呼び寄せた徳三と、お寅を夫婦にさせたのだ。

ところが、十年ほど前、順之助は、店主である立場にも拘《かか》わらず、店の金に手を出して、女房のお栄《えい》を連れて出て、

——今後、一切、おまえらとは関わらない。

という文を残して、何処かへ行ってしまったのだ。しかも、店の金をほとんど持ち逃げしたから、当座の金がなくて、鉄次と千鶴夫婦は苦労したのである。

「そうか……だったら、順之助兄貴にも知らせなきゃならねえな」

ぽつり政吉がそう言うと、お寅は漁網を引っ張って言った。

「政吉、おまえサッパリ分かってないなあ。貫平がボサーッとしてるのは、誰かに似てると思ったけど、叔父のおまえか」

キョトンとなる政吉に、「順之助兄さんは、もういない人だから、関わりない」と、お寅はきつい言葉で言った。

「そうは言っても、鉄次さんとは義理の兄弟だし、親戚になるし……」

「バカじゃないの。順之助兄さんに鉄次さんのことを報せたら、どうなると思う」

「どうって……」

「私の何倍も強欲の兄さんのことだ。鉄次さんが死んだら、店に舞い戻ってきて、好き勝手されるに違いない」

政吉は、そうだろうなあと頷いているだけだった。

「順之助兄さんが戻ってきたら、お栄のために、店を潰すかもしれないじゃないか。せっかく私が女主人として頑張ってるんだから、実の兄貴だからって、めちゃくちゃにされたら、たまらないよ」

お寅が苛ついた顔で言うと、政吉はこくり頷いて、

「そうだあ。お栄は、元々はおちょろ舟の女郎だしな。ごつい性根してるからなあ」

お栄は、親に身売りをさせられて、吉原で遊女になったが、苦界《くがい》とは底なしで、転々として、深川の岡場所に行ってから、その後、洲崎の漁師相手の女郎になった。順之助とは、それで知り合ったのだ。

順之助は、そのお栄に入れ揚げた挙げ句、身請け金欲しさに、『桔梗屋』から金を盗んだのだ。しかも、心中をほのめかしていたから、ふたりのことを善処するために、鉄次が品川の旅籠まで追いかけて、連れて帰ってきたのだ。

だが、順之助は生まれつき山師的な性格だから、うまく商売が行くはずがない。お栄の贅沢《ぜいたく》のために、調子に乗って店の金に手を付け、金を持ち逃げするほどの性悪《しょうわる》だった。

「……というか、鉄次さんがバカなんだよ。元々、体を使って働くしか能がなかった

から。その点、私は違うからね……舞い戻られて、好き勝手されてたまるもんか」

お寅は、実の兄でも憎たらしかった。

「でもなあ……俺たちは兄貴を非難できないぜ。こっちも兄貴には、色々といい思いをさせて貰ったからなあ……漁師が行けないような高い店に飲み食いに連れてってくれたし、家賃も払ってくれたし、俺が喧嘩して、やくざ者を半殺しにしたときだって、金でケリつけてくれたし……」

と政吉が言うと、お寅は笑って言った。

「それだって、鉄次さんの金じゃないか。そんなこと気にすることないよ」

「かなあ……」

「ま、それより鉄次さんだ……鉄次さんさえ死んだら、ぜんぶ、私のものなんだから」

「そうは言っても、店は鉄次さんのだし、順之助兄貴の残した借金も……」

「それがな……私が店を任せられて分かったのだけど、帳簿をぜんぶさらってみたら、借金はぜんぶ、返してる」

「ああ……そう言えば、この前、見舞いに行ったら、鉄次さん、そんなこと言ってたなあ。だから、自分に万一のことがあっても、安心して、人に店を任せられるって」

「人に店を任す？」

お寅は仰天した。そのような話は、鉄次から聞いていない。

「あっ。喋ってしまった。鉄次さんな、まだお寅には言うな、あいつは気短かだし、感情を出すし、お喋りだから、纏まる話も纏まらねえと心配してた」

「喋くりは政吉、おまえじゃないか……まあ、いい。それで？」

「それで……京橋に『越後屋』という縮緬問屋があるのだけど」

「ああ。大きい商売してる」

「その店の主人に、任せることになっているらしい。そんなことを話してた。縮緬と太物……絹と木綿、両方扱うって……あ、豆腐屋じゃねえぞ」

「なんだって……」

お寅はカッときて、政吉がせっかく縫い寄せていた漁網を、太い手で引き裂いた。あっと目が点になる政吉をよそに、

「おのれ、鉄次……まあいい。鉄次さえ、あの世に行ってくれたら、千鶴が残るだけだ。どうとでもなるってことだ」

意地悪げに目を細めるお寅の顔を、政吉は我が姉ながら、恐々とした目で見ていた。

三

鉄次の容体が急変し、眠るように亡くなったのは、お寅が突然訪ねてきた翌朝のことであった。突然のことだが、鉄次にとっては、お寅はまさに死神だったのだ。

実は――お寅が訪ねてきた後、夜中に、鉄次は急に起きだし、病床の横に眠っている千鶴を揺り起こした。

やりかけの仕事をしなければいけないと、勝手に家に帰ろうとするのを、千晶や泊まりがけの医師たちが、押さえつけて鎮静するために薬を飲ませた。その後、落ち着いていたのだが、そのまま亡くなったのだ。

不治の病とはいえ、療養中で直ちに死ぬ状態ではなかった。千鶴は、医師の対処が悪かったのではないかと詰め寄ったが、手の施しようがなかった。現代でいえば、肝機能の低下により、急激に血液の凝固因子がなくなったために、出血が激しくなって死亡に至ったということだ。

お寅と政吉が診療所に駆けつけたとき、さすがに背筋に冷たいものが走った。

――昨夜、話していたことが、現実になってしまった……。

ふたりは気味悪げに顔を見合わせて、凍りついていた。

「姉貴……おまえが何かしたんじゃねえだろうな」

「ば、馬鹿なことを言うんじゃないよ」

さすがに、お寅も愕然となって打ち震えた。

葬儀は、どこの家でもあるように、長年、溜まっていた感情がさらけ出され、すったもんだしながらも無事終えた。

お寅は自宅に帰って、ごろんと横になって、

「人間、死んだら、終《しま》いだなあ……」

息子の貫平に向かって、深い溜息をついた。

「でも、それより、金だな」

「え？」

「これから、どうやって、金を手にするか……」

「どういうこと？」

「鉄次さんが死んだんだ。これまでどおり、チンタラやって、お給金は貰えない。裏《うら》店《だな》の家賃や地代が入るとはいえ、商売をどうするかだな……このまま店を売った金、ぜんぶ千鶴に持っていかれたら、バカバカしいだろ」

「でも、鉄次さんの店だし、おふくろは雇われ女将じゃないか」

「……政吉の話だけどな、『桔梗屋』は売りに出されてるんだよ」

「へえ。そうかい」

貫平は別にいいではないかと言った。

「本当に、鈍いやつだなあ……このままだったら、『桔梗屋』は千鶴と伸助のものになってしまうんだぞ。仮にも私は女主人だ。ぜんぶ持っていかれてたまるか」

「仕方ないじゃないか」

「それで済むか、ボケ。私だって、この店ができた頃から、亭主と一緒に店のために働いてきたんだ。好きでもない算盤も覚えて、へえこら人に頭下げて……そのお陰で、『桔梗屋』は成り立ってきたんだ。鉄次さんひとりの手柄じゃないんだよ」

「まあ、そうだろうけどさ……」

「千鶴は左団扇《うちわ》で暮らし、馬鹿息子の伸助は、『俺は商いには向いてないから、寺子屋の師匠します』とかぬかして、江戸で塾を開いてるじゃないか。その金だって、『桔梗屋』から出たんじゃないか」

「知ってるよ」

「だから、『桔梗屋』は私が貰う。そのつもりで、頑張ってたのに、このまま知らないやつに売られてたまるもんか」

「そうは言ってもなあ、鉄次伯父さんのものだし……」

「私には店を続ける才覚がある。女の私が主人になるのが駄目だというのなら……おまえが継げ、貫平」

「えっ……」

「おまえは、鉄次さんの弟・徳三の息子じゃないか。継ぐなら、おまえしかいない……そうだろうが、貫平。どうだ」

「どうだって……よく分かんねえ」

「形だけでいいんだよ。後は私に任せておけばいいんだ。千鶴と伸助だけには、金をぜんぶ持っていかれたくない」

お寅の形相は憤怒を通り越して、この世を破壊するほどの悪霊のようになっていた。

鉄次の初七日が過ぎて――。

千鶴が息子の伸助に付き添われて、店の鑑札を譲渡するために、京橋の『越後屋』に赴《おもむ》いたのは、桜もすっかり散って、堀川には花筏《はないかだ》が広がっている頃だった。

縮緬問屋『越後屋』が、太物問屋『桔梗屋』の鑑札を買い取る形で、奉公人も引き取ってくれるというのだ。『桔梗屋』の暖簾《のれん》は残したままだという。鉄次が作り上げてきた店の名を残してくれるのは、千鶴としては有り難いことであった。

話し合いの場に来た千鶴は、まだ亭主を亡くしたばかりで憔悴していたので、伸助が代わりに対応するつもりだ。しかし、商売のことは伸助も千鶴もほとんど分からないから、お寅も同席したのである。

日本橋と並ぶ繁華な京橋の真ん中にある『越後屋』は、よく知られた大店中の大店だけに、図太いお寅であっても、尻込みするほどの威厳があった。

奉公人の数からして違う。おそらく百人以上いるであろう。『桔梗屋』は番頭、手代、小僧を合わせて、わずか八人に過ぎない。店の間口の広さや奥行きは、何倍あるだろうかと、お寅は羨ましそうに見ていた。

店は来客の人々と奉公人で溢れているため、奥の座敷に招かれた。江戸の真ん中だというのに、綺麗な庭が広がっており、鹿威《ししおど》しがある池があり、石橋も架かっている。

「——なんとも……」

絹を扱う店だから、客層も違うのだろうと、お寅は溜息混じりに見ていると、「お待たせして申し訳ありません」と、さらに奥から出てきたのは、女主人の久実だった。

容姿を比べるわけではないが、お寅がその名のとおり猛虎ならば、久実は華奢で華やかな鶴《つる》という感じであった。

「あっ……！」

お寅は相手の顔を見て、目を丸くした。

「たしか、先日、何処かで……」

「ええ。門前仲町のお蕎麦屋さんで、ちょこっとだけ……今日もいらしてますのよ」

「え、誰がです」

「吉右衛門さんです。さあ、こちらへ……」

久実に手招きされると、奥で打ち合わせをしていたのか、控えの間から、吉右衛門が姿を現して、お寅たちの前に座った。

好々爺《こうこうや》姿のままだが、背筋はシャンと伸びており、短い口髭《くちひげ》はあるものの清潔感のある風貌で、お寅は改めて、「何者かな」と思いつつ、ニッコリと微笑みかけた。

「あの時は失礼致しました。てっきり、ご隠居様と訳ありの若女将さん、という感じでしたので……申し訳ありません」

お寅は丁寧に頭を下げると、吉右衛門もニコニコしながら、

「ええ、訳ありですよ。こうして、この場にいるのは、深い理由があるからです。ねえ、久実さんや……いえ、女将さん」

と意味深長な言い廻しをした。

「また、冗談ばかり。ご隠居さんたら……」

久実も丁寧に、お寅たちに挨拶をしてから、ご隠居のことを、公事師《くじし》だと紹介した。

公事師とは、今でいう弁護士とか司法書士のような役目を担う者で、訴訟の代行をしたり、お白洲《しらす》に同行したりする。また、色々な商取引がある場合には、約定証文《やくじょう》などを作って、保存しておき、後々の揉め事に対処していた。

「公事師……そうなのですか。でも、公事師がどうして……」

当然のように久実は頷いて、

「大きな商取引ですからね。しかも、大物問屋組合の鑑札を戴き、これからも私どもが商いをするので、『桔梗屋』さんにもご迷惑がかからないようにと」

配慮したとばかりに言った。久実としてはふつうに話しているつもりだったが、お寅にしてみれば、見下《みくだ》されたように感じたのであろう。僅かだが感情を露わにして、

「そんなに私が、信頼できませんかね……」

と言った。

「私……と申しますと……」

「えっ……私って、お寅でございますよ。『桔梗屋』の女将の」

「ええ。でも、雇われているだけですよね。ご主人は亡くなられた鉄次さん。鑑札にはそうなっております」

「まあ、そうですけれど……」

お寅はさらに不愉快そうな表情になったが、久実は淡々と続けた。

「本来なら、伸助さんが継ぐべきところですが、お寅さんもご存知のとおり、江戸にて立派な儒学の塾を開いておいでです。町人なのに、湯島《ゆしま》にある林家《りんけ》の学問所で首席でいらしたとか」

「………」

「私は学問のことには疎《うと》いですが、この京橋界隈の商家の子供の中にも、伸助先生の門下生がおります」

「先生……でも、商いのことは私にしか分かりません。千鶴さんも店のことには関わっておりませんし、この私が鉄次さんから、すべてを任されているのです」

「はい。それも、千鶴さんから聞いております」

久実は筋は通していると言いたげに、お寅と向き合った。

「実は、鉄次さんは、生前、こちらの吉右衛門さんに店のことを相談しておられまして、縁あって、私どもに引き取ってくれないかと話がきました。そしたら奇遇なことに、うちの亭主は、鉄次さんと同じ上州の隣村の出でしてね。それで話がトントン拍子に進んだのです」

「──そんな話は、誰からも聞いてませんが……」

爪弾《つまはじ》きにされたと感じたのか、お寅の顔が少し強張《こわば》ってきた。

「いずれにせよ、鑑札は鉄次さんですが、亡くなられたので、一旦、仲助さんに書き換え、それを私どもが買い取るということになると、吉右衛門さんから話されました」

「ということは、鉄次兄さんは、生前に鑑札を売るつもりだったのですか」

お寅が訊くと、久実はそうだと頷いて、

「千鶴さんのお話では、もしかしたら鉄次さんは自分の病いのことを勘づいていたのかも、と……ですから、急ぐこともできたのですが、少しでも長生きして貰いたくて、先延ばしにしておりました」

「そりゃ、ご配慮下さって、ありがとうございましたッ」

不機嫌極まりない声になってきたお寅を見て、吉右衛門は穏やかな態度で提案した。

「ここのところは、鉄次さんの意向を重んじて、素直に取り引きして下さい」

「でも、私は……」

何か言いかけるお寅に向かって、

「いえ。あなたにではなくて、伸助さんに言っております。伸助さんが次の当主ですので。そして、千鶴さんは奥様ですから」

と吉右衛門は言った。

「伸助さんが了承して下されば、この場できちんと始末ができると思いますよ。そしたら、この場で千両、お渡しできます」

「せ、せ……千両⁉」

お寅は思い切り声がひっくり返り、大きな体も転がりそうだった。

「あの店に……千両も払うのですか」

「はい。これには店だけではなく、長屋などの地所も含まれてますからね」

「長屋……」

「はい。あなたが物凄い勢いで、取り立てていたあの長屋も含めて、五軒。その他にも、自身番とか稲荷神社の土地もありますので、相場から言えば安いものです」

当時、私有権はない。土地は天下のものだからだ。しかし売買は商家はもとより、武家でも行っていた。今で言えば、自由に使用できる〝地上権〟というところであろうか。

「鉄次さんには申し訳ありませんが、御香典も含めて、これだけあれば残されたお内儀や息子さんには充分であろうかと」

「じゅ、充分どころか……と、とんでもない……富籤《とみくじ》に当たったようなものだよ」

狼狽するように言うお寅に対して、吉右衛門は厳しい声になった。

「主人が亡くなったのですよ。富籤に当たったとは、まるで人でなしの言い草ですね」

「あ、いえ、私は……別にそういう意味では……ただ、あんなオンボロのお店が千両だなんて、あり得ないと思ったまでです」

言い訳がましく述べるお寅を、吉右衛門はじっと見据えたまま、

「とにかく、鉄次さんと久実さんの間で、成立していたことを、伸助さんが引き継ぐだけのことですからね」

「私はどうなるのです」

その問いかけには、久実が答えた。

「もちろん配慮致します……私もお寅さんと同じ後家暮らしなもので、気持ちはよく分かるつもりです……お寅さんには引き続き、女将の立場で働けるよう、お願い致します」

「…………」

「しかも、これまでよりも一割増しの給金で雇ってくれるようにと、生前、鉄次さんからお願いされておりました。先に亡くなった弟さんのお嫁さん……義妹ですからね」

　久実は詳細に、鉄次と話し合ったことを伝えて、

「病《やまい》に臥《ふ》しているとはいえ、まさか、こんなにすぐ亡くなるとは、ご本人も思っていませんでしたでしょう。体が良くなっても、店は誰かに任せるつもりだったとか」

「…………」

「体が悪くて仕事をするのはきついですし、商売上、迷惑をかけることにもなりかねないと鉄次さんは……だから、お寅さん、どうぞ安心して続けて下さい。後ろ盾はこの『越後屋』ですから」

　軽く胸を叩いた久実に、お寅はあからさまに、ケッと吐き捨てるように言って、

「冗談じゃないぞ、おいッ。勝手に、てめえらで決めやがって。こっちは何十年も、『桔梗屋』のために働いてきたんだ。鉄次さんひとりの手柄じゃないんだよ。そこの千鶴は、ぼさっと昼寝してるだけ。息子の伸助は商売するのが面倒だから、学問に逃げただけ……おまえら母子《おやこ》を食わしてやってきたのは、この私じゃないか！」

「なんということを……」

久実は怯《ひる》むどころか、非難する目で、お寅を睨み返した。こちらも、亭主の後を継いで商いをしてきただけに、なかなか気丈である。その女の戦いを目の当《ま》たりにして、吉右衛門は、なんだか楽しそうに眺めている。

「お断りだね。私は、久実さんとやら……あんたの奉公人になるつもりはないよ。『桔梗屋』は私の店だ。勝手なことしやがると、こっちは出るところに出るから、覚悟しときな」

啖呵《たんか》の切り方は見事だった。だが、この手合いは、久実も慣れているのだろう。千鶴も仲助も、お寅の気性は承知しているので、さほど驚いていなかった。

「そこのヘボ公事師さんよ。てめえも大概《たいがい》の悪党だな。この後家さんに入れ込んで、幾ら手数料をピンハネするつもりだい……だから、人の好い顔をしてる連中は嫌いなんだよ。反吐《へど》が出らあ。この話はなし、いいな！」

お寅は言いたいことだけ怒鳴って、また牛のようにドタドタと床を鳴らして去った。だが、お寅が何を喚《わめ》こうと、御定法に則《のっと》って、粛々《しゅくしゅく》と鑑札の売買は執り行われるであろう。

四

お寅は、深川の『桔梗屋』の帳場に座ると、奉公人たちに、今日あった話を伝えた。

「おまえたちは、それでいいんだね。私が主人でなくてもいいのだね」

手代たちの内心を探るように訊いたが、誰一人、「お寅さんが女将さんだった方がいい」と言う者はいなかった。それでも、お寅は鼻を鳴らして睨みつけるだけだった。

――どいつも、こいつも……今に見ていなさいよ。

何か得策があるわけではないが、お寅は苛々しながらも、帳場に座っていると、少しずつ気持ちが落ち着いてきた。小判の匂いがするからであろうか。

――千両か……いっそのこと、その千両を戴いてドロンするかいな。

などと真剣に考えた。少なくとも、その半分は貰って当然ではなかろうか。仮にも、亭主の兄の店だ。なのに、あんな若後家の奉公人にされる謂われはない。

それに、千鶴や伸助が手放すというのだから、鉄次を支えてきた自分が本当の女店主になって、何が悪いのかという気にすらなってきた。帳簿にしても算盤にしても、すべて自分がやってきたのだと、お寅は思っていた。

——金だよ。店さえ勝手にできたら、後は順之助兄さんがやったように、借金塗《まみ》れにして、潰《つぶ》したらいいんだ。担保にした店や土地を取られても、私は何の損もしないし。

そんなことを、ぼんやり考えていた時である。店の中に、亡霊のような影が立った。

「ひいッ……！」

一瞬、お寅の顔が引きつって、腰を浮かせた。

鉄次さん……と声が出そうになったが、声にならなかった。静かに近づいてきたのは、もちろん鉄次ではなかった。

「じ……順之助兄さん……」

行方知れずの順之助が目の前に現れたので、お寅は何度も目を擦《こす》った。

髷《まげ》や鬢がかなり白くなっているが、人を舐め廻すような眼光は昔と変わらず、上等な羽織を着て、身なりを整えているのも、以前から変わらない。

「なんだい、寅、その顔は……実の兄の顔を忘れたのか」

帳場の横に座った順之助は、おもむろに懐《ふところ》から煙管《きせる》を出して咥《くわ》えた。

「——吃驚したな、もう……」

お寅は胸を撫で下ろして、ペタリと座り直した。

「どうせ、野垂《のた》れ死にしていると思ったか」

「だって、ほら……」

「捨てる神あれば拾う神ありってな、旅先で出会った人に色々と救われて、小田原《おだわら》城下で、ちょっとした商売をしてるのだ」

胡散臭《うさんくさ》い言い方だった。子供の頃から、自分は漁師は嫌だと、奉公したのはいいが、鉄次の店に来てからも、いい加減なことしかしていない。なのに、こうして平然と顔を出せるのは、図太いやつだなと、妹ながら思った。

「お栄さんは……」

「知らねえ。旅の途中に出会った若い男と一緒に、何処かに消えやがった」

「そんな……」

「元々、そういう女だ。未練はないよ。ただ、使った金を返せって気にはなったがな」

自嘲気味に笑って煙管に炭火を点《つ》け、順之助は美味《うま》そうに煙をくゆらせてから、

「女主人だそうだな。大層な出世だ」

「何を言うのよ。雇われてるだけだよ。あ、そうだ、鉄次さん……」

「死んだんだってな」

「知ってたの。それで、線香を上げに？」

お寅が訊くと、順之助はギロリと睨みつけて、

「惚《とぼ》けるなよ……おまえの考えそうなことくらい分からないと思うのか……小さな頃から、食い物と金には目がなかったからな。はは……千両とは、いい話じゃないか」

と野太い声で言った。

「ええっ……誰から、そんなことを……」

「噂ってのは、すぐに広がるんだよ」

「だって、さっき話したばかりだよ、『越後屋』さんとは」

「ふん。それで主人面《づら》してるんだから、やっぱり、おまえはただの欲惚《よくぼ》けだな」

「なにさ……」

ふて腐れるお寅を、順之助は小馬鹿にしたように見た。奉公人の目には、「この兄あって、この妹」と映っているであろう。

「京橋の縮緬問屋『越後屋』のような大店が、何か動きを見せれば、他の大店の主人たちの耳目《じもく》も集まろうってもんだ。どこの大店が、どんな店を買収しようとしてるかってのは、大金を扱っている商人にとっちゃ、仕入れなきゃいけない話だ。特に、両替商なんざな」

「――両替商が関わってるのかい」

「本当にバカだな。千両もの大金、いくら『越後屋』でもポンと用立てられるわけないだろ。幾らかは両替商から借りるのが当たり前だ」

「ま、そう言われれば……」

「そのために、何ヶ月も前から、根廻しするんだよ。だから、『越後屋』と『桔梗屋』の話も、どっかから洩れるんだ」

「それで、兄さんの耳に……」

「おまえ……俺に黙って、この店を乗っ取るつもりだったようだな」

順之助に本音を突かれて、お寅は鼓動が早くなった。

「な……何を言ってるのさ。私は、鉄次さんが死んだら、順之助兄さんを呼び戻して、もう一儲けしようかと思ってたんだよ。だから、こうして頑張ってたんだよ」

「そうか。なら、そうするぜ」

順之助があっさり承知したので、お寅は横を向いて舌打ちした。そんなお寅を見ながら、順之助は苦笑混じりに言った。

「実はな……鉄次が死んだのは、半分は俺のせいかもしれねえな」

「半分どころじゃないでしょ。酷いことばかりしてきて、よく言えたものだよ」

「そういう意味じゃねえ……風の便りに鉄次のことを聞いてから、一月《ひとつき》ほど前にな、深川診療所に見舞いの文を送ったんだ」

「見舞い……」

「――どうやら、おまえは死病らしいが、希望は捨てたらだめだぞ。俺たちはもう老人になる年頃だ。悔いのないように生きてくれ。それでも先に死んだら、おまえの妻子は俺が面倒見てやるから安心しろ、とな」

まじまじと順之助の顔を見て、お寅は眉を顰《ひそ》め、

「そんな……本人に死病だって、わざわざ伝えなくても……」

「そうか？――鉄次のやつ、えらく悩んだだろうな。医者が隠してても、義兄が伝えたのだから、千鶴がこっそり相談したとでも思うだろう。ま、これで心痛が高まって、死期が早まったのかもな」

「我が兄ながら、恐ろしい人だなあ……」

お寅は言葉を飲み込んだ。

「それはお互い様じゃないか、ええ？」

順之助は、お寅のおでこをぽんぽんと叩いて、

「千両、そっくり、そのまま、俺たちが戴こうじゃねえか」

「そんなことが……」

「昔の店の鑑札はまだ俺が持ってるぜ。ここを使えってんだよ、ここを」

もう一度、順之助はお寅のおでこを軽く突っついて、大笑いした。つられて、お寅も笑ったが、頬は引き攣《つ》っていた。


鉄次が残した『桔梗屋』の鑑札が、『越後屋』に譲渡されたのは、わずか数日後のことだった。久実の意向で、さっさと片付けたかったからである。

だが、その間、お寅は、順之助の差し金で、店が〝別の者に渡らないよう〟に妨害した。ある時は、『越後屋』に、商売できないようにしてやると、やくざ者をけしかけて脅し、ある時は、久実自身を浪人たちに付け廻らさせた。

更には、『桔梗屋』の顧客を廻って、仕立や修繕を他の店に紹介した。もちろん、お寅は、その紹介料を取って、自分の懐に入れていた。それだけではない。千鶴が主人を亡くしたばかりで大変だから、代わりに集金に来たと騙《だま》して、客から掛け売り代金を手にしていたのである。

店の評判が悪くなれば、取り引きが〝御破算〟になることもある。それはそれで、順之助が付け入る隙ができることになるが、それよりも、妨害が入れば入るほど、早く物事を成立させたがるのも、商人の常である。

案の定、とんとん拍子に話が進み、『越後屋』から伸助に対して千両が支払われた。晴れて、『桔梗屋』の一切は、久実が仕切ることになったのである。

その直後——。

伸助のもとに、北町奉行所から呼び出しがかかった。『桔梗屋』の鑑札譲渡につき、詮議したいことがあるとのことだった。

「はて……なんだろう……」

一抹の不安を抱きながら、伸助が呉服橋御門《ごふくばしごもん》内の北町奉行所に出向くと、玄関から入ってすぐの詮議所に通された。そこには、お白洲代わりの土間があり、壇上には担当の公事の吟味方与力がいた。

「——公事……」

というのが、伸助には気になった。

商売上の鑑札や売買などについてならば、公事ではなく、訴訟になるからである。

公事とは今でいう刑事事件、訴訟とは民事事件のことだ。公事は、何らかの事件の被害者が訴えたり、与力や同心が〝職権〟によって探索したものを、町奉行所が直々に執り行うのがふつうである。そして、刑事裁判のことは吟味筋、民事裁判のことは出入筋と呼ばれた。

土間に座らされた伸助は、藤堂《とうどう》と名乗った吟味方与力からの問い掛けに驚いた。

「おぬしは、『桔梗屋』の主人だと偽って、京橋の縮緬問屋『越後屋』から、千両もの大金を受け取ったこと、相違ないか」

「偽って……いいえ、私は正真正銘、『桔梗屋』の主人でございます」

「儒学の塾頭ではないのか」

「はい、そのとおりです。が、父が亡くなったため、『桔梗屋』の鑑札の名義を……」

と言いかけた伸助を止めて、藤堂は事情は分かっていると伝え、

「その父親、鉄次が『桔梗屋』の主人であるという鑑札が、擬装された疑いがある」

「え……ええっ？」

「だが、訴人は、そのことについては、鉄次が亡くなったことだし、争わぬと申し立ておる。『桔梗屋』から支払われた千両を受け取るのは、順之助だと、当人から駆け込み訴えされておる」

駆け込み訴えとは、所定の手続きを踏まず、町奉行所に直訴することであり、揉め事があれば、よく使われていた手段である。ゆえに、暮れ六ツに正門を閉めた後も、〝駆け込み〟ができるようにしてあったのだ。

「順之助さん……ああ、義理の伯父さんになりますが、江戸にはいないかと……」

「いや、町名主に問い合わせたところ、江戸町人である」

「ですが、うちの店とはもう関わりはないと思います」

「うむ。『桔梗屋』には少々、複雑な事情があるようだが、『桔梗屋』の初代の鑑札は、順之助だとある。実物も、お寅から預ったが、このとおり……」

藤堂が差し出したのは、縦四寸、幅三寸、厚さは一寸半ほどの札で、表には『江戸町奉行』と刻印があり、裏には発行した年号と日付に、『桔梗屋順之助』とある。この鑑札とは、いわば営業許可証であり、町奉行に届け出て後、認可を受けた証票である。

「――後日、鉄次が紛失を理由に発行したのだが、その際、順之助が店の金を持ち逃げして、行方不明であることを理由に、鑑札を書き換えておったのだ」

それで吟味方与力が出てきたのかと、伸助は思ったが、

「では、父の鑑札は本物ではありませんか」

と反論した。

「いや。順之助は金を持ち逃げしたことはないし、鑑札を譲った覚えもないと申しておる。この鑑札は順之助が店に置いていったものだとのことだ。しかし、江戸を離れ

ていた間に、勝手に鉄次が新しいのに書き換えたと訴えておるのだ。しかも、順之助の妹が、店の主人として任されており、実質の商いをしていたのは、順之助と妹、お寅だとのことである」

「いや、しかし……」

「では訊く、伸助。おぬしは店に関わっていたのか」

「いいえ、私はまったく……」

「母親の千鶴はどうだ」

「店には住んでおりましたが、商いの方は……」

手伝ってもいないと、伸助は首を振った。

するとは藤堂は、すぐさま、

「実質は、順之助とお寅だと認めるのだな」

「いえ、それは……どうして、かような話になったのでございましょう」

「鉄次が死んだため、おぬしが不法に鑑札の書き換えと売買に応じたことに、順之助が訴え出たということだ」

藤堂が理路整然と言うと、伸助は深い溜息をついて、

「ですが……『越後屋』さんは私と話をキチンと進めて下さいました。父が望んでい

たとおりに、店や地所、長屋などを引き継いでくれたのです」

「さよう。そのことについては、何も問題はない。『越後屋』の女主人、久実にも落ち度はない。そして……」

藤堂は一拍置くようにして、伸助を見つめ返して、

「おぬしの不手際《ふてぎわ》も問わぬ」

「不手際……」

「父親の鉄次が、不法に鑑札を書き換えていた事実を、おぬしは知らなかった。自分が正当に継ぐ者だと信じていた。それゆえ、『越後屋』と交渉して、千両を得た」

「…………」

「しかし、その鑑札によって得た金は、順之助のものということだ」

「そんなバカな……」

さすがに伸助は腰を浮かして気色《けしき》ばんだが、教育者という矜持《きょうじ》もあるのか、自ら気を落ち着かせて、一度深呼吸をしてから、

「鑑札についての真偽は私には分かりません。しかし、溜めたお金で『桔梗屋』を買い取り、店を始めたのは父です。母や店の者たちも証言してくれると思います」

「その事情は、町奉行所では確かめようがない。ただ、鑑札は順之助に出したという

事実は、間違いのないことだ」

「では、どうしろと……」

「千両の金は、順之助に渡すがよい。そして、分け前が欲しければ、当人同士で話し合い、内済《ないさい》で済ますがよい」

藤堂は型どおりに言った。内済とは、示談《じだん》のことである。もし、訴訟沙汰になったとしても、奉行所はなるべく出入筋には関わらないよう配慮していた。だから、藤堂の狙いも、

――鑑札のことは不問にするから、金のことは当事者で解決せよ。

ということなのだ。

「もし、おぬしが千両を抱え込んだまま、順之助に返さなければ……」

「返すって、そんな……」

「順之助のものだからな……返さなければ、おぬしは訴えられ、不正な鑑札についても、奉行所は改めて調べ直さねばならぬ。そして、おぬしも、まったく知らぬ存ぜぬでは済まぬ。現に金を手にしているゆえな」

「…………」

「内済が最も、揉めなくてよいと思うぞ」

親切のつもりで藤堂は言ったのであろう。だが、伸助としては、父親が築き上げた店や、内助の功で支えた母親のことを蔑《ないがし》ろにされた気がして、愕然となるのだった。

五

「そんなのは、放っておきなさい」

吉右衛門は当然のように、伸助と千鶴に伝えた。

「相手はただ、あなた方に入った金が欲しいだけです。『桔梗屋』を営みたいわけではないでしょう。訴えたければ、訴えさせておけばいいのです」

「ですが……」

伸助は自分が不甲斐ないと嘆いたが、吉右衛門は慰めるように微笑んで、

「よいですかな……訴訟慣れしている悪い奴は、世の中に幾らでもおります。これを〝不正出訴〟というのですが、町奉行所の詮議を利用して、稼ぐ者がいるのです。順之助さんとやらも、その類《たぐい》でしょう」

「かもしれませんが……」

「鑑札や印鑑の偽造、宛名や住まい、期限などが無記載の証文を使って、悪質なこと

をする輩に翻弄されることはありません。こっちが正当だと、でんと構えていればいいのです。『桔梗屋』の鑑札は今、『越後屋』にありますからな。真偽を問い直すなら、『越後屋』を巻き込むしかない」

また何らかの訴えをしたときには任せなさいと、吉右衛門は胸を叩いた。

「なんといっても、うちの主人は、小普請組旗本です。小普請組旗本は、様々な訴訟に備えておりますし、当然、公事師としてもお白洲に出向くことはよくありますからな。揉めれば、和馬様の出番です。ははは」

大笑いしたが、順之助とお寅の兄妹はなかなかしたたかであった。

すぐに、例の鑑札を持ち出して、千両の受け取るのは自分だと訴え出た。ただ、吟味筋では争わない旨を、町奉行所に申し出ていた。それは、順之助が、

――仮にも義理の兄弟を咎人《とがにん》にしたくない。

という配慮だという体裁を取っていた。

公事裁判となれば、町奉行が立ち合いのもと、お白洲で対決をしなければならないが、訴訟ならば、訴状だけで済むからである。公事師が関わるのを許されているのは、出入物だけである。ゆえに、万が一、自分が不利となれば、有能な公事師を立てる腹づもりが、順之助にはあるのであろう。

伸助に、順之助からの訴状が、町奉行所を通して届いた。

訴状の〝請求趣旨〟にはこう書かれてある。
一、被訴人（被告）は、訴人（原告）らに対し、千両と、完済まで年六分の割合により金を支払え。
被訴人は伸助で、訴人には、順之助とお寅の両名が入っていた。実質の商売を扱っていたのは、お寅だからであろう。

これに返答をしなければ、相手の言い分が通るので、必ず反論を送る。それで判断がつかなければ、どちらが正しいかを取り調べるために、〝差紙《さしがみ》〟によって呼び出され、詮議所で争うことになる。

江戸町人は、決して訴訟嫌いではなかった。むしろ、お上に裁決して貰うことを望んだ。その方が、たとえ思いどおりでない結論が出ても、お互い納得できるからである。

しかし、此度《こたび》の訴えは、明らかに、〝不正出訴〟であると、吉右衛門は睨んでいた。

それゆえ、吉右衛門は、久実に頼んで、これまでの『桔梗屋』のすべての帳簿、鉄次が残していた書きつけや文を預かり、順之助が持ち逃げしたであろう金の被害額などを調べ、町奉行所に差し出した。

鑑札を買い取った『越後屋』からの帳簿類は、かなりの信憑性があったのであろう。奉行所では、書面だけでは分かりかねる面もあると、早速、双方とも召喚された。

その日――。

順之助とお寅は意気揚々とした様子で、お白洲代わりの土間に座っていた。

かような場所では、少なからず緊張するはずだが、順之助の方は特に落ち着き払っており、必ず千両を取ってみせるという気概《きがい》に溢れていた。

お寅は、伸助の意気消沈した顔を見たかったが、来ていない。その代わり、吉右衛門の姿があったのでフンとそっぽを向いて、

「おや……伸助さんは……？」

と不思議がるお寅に、吟味方与力の藤堂は出入り筋だが、鑑札に関わることなので自分が担当すると壇上に座った。

「伸助からは新たな証言は取れぬ。店のこともまったく知らぬ。よって、被訴人の公事師吉右衛門の立ち合いのもと、そこもとらの話を聞いて、裁断したい。正直に申せ」

「はい。なんなりと……」

順之助が背筋を伸ばすと、藤堂と目が合った。真偽を確かめるような藤堂の顔を、

順之助はじっと見つめ返して、

「私たちは、何ひとつ嘘は申しておりませぬ」

「うむ。証《あかし》をひとつずつ立てていく……店は『越後屋』のものになったが、まだ営んではおらぬ。よって差し出された帳簿などは、前の『桔梗屋』のままだ」

傍らにいた同心が、預かった帳簿を、お寅に見せてから、藤堂が問いかけた。

「それは、おまえも見ていた帳簿に相違ないな」

「――はい。間違いありません」

「中に書かれていることにも、間違いはないか。詳細でなくても構わぬ。おまえが主人として関わった月だけでも確認するがよい。本物かどうかを答えよ」

しばらく見ていたお寅は、もう一度、「間違いありません」と答えた。

「では、尋ねる、お寅……おまえは、この店の鑑札は、誰の名か知っておったか」

「順之助。私の兄でございます」

「いつ知ったのだ」

「前々から知っておりました」

「では、おまえは、兄の店だと思って、奉公しておったのだな」

「そうです」

「鉄次はどういう立場であったのだ」

「順之助兄さんに、雇われておりました」

「おまえは、鉄次が病臥に伏してから、鉄次に店を任されたのではないのか？」

「はい、そうです」

「では、鉄次の方が、おまえよりも立場は上ということか」

「ええ。順之助兄さんが主人で、鉄次さんが番頭でしたから。私は女ですから、まあ手代並で店に奉公してました」

藤堂は傍らの漆塗りの文箱に置いてあった鑑札を差し出した。順之助の名が刻まれているものである。

「店の帳場に掲げてあった鑑札は、これか」

「えっ……？」

「必ず置いておくことになっているはずだから、毎日、見ているはずだが」

「はい。そうです。それです」

「間違いないか」

「はい。間違いありません」

お寅が答えると、藤堂は傍らの同心に何やら耳打ちをした。すぐに、控えの間から、別の鑑札を同心は持参して見せた。

「縮緬問屋『越後屋』から預かったものだ。店に掲げていたのは、それではないのか」

「ええ……そんなに、ハッキリとまじまじと見ることはないので……」

「帳場の前に掲げてあるはずだが。それには、鉄次の名が刻まれておる。帳場から見れば、丁度、裏側だから、順之助か鉄次かは毎日、見ているはずだがな」

「――多分、こちらだと思います」

と、お寅は先に出された方だと言った。

「見てのとおり、鑑札の形も文字の書体も、『桔梗屋』を始めた二十年前と、その後のとは変わっておるのだ。材質も赤っぽい樫《かし》から、白っぽい檜《ひのき》に変わっている。見るからに違うがな」

「………」

「この樫の木の方が、たしかに掲げられていたのだな」

「――はい」

「ということは、伸助は、この後で、鉄次が申請して書き換えた鑑札を利用して、千両もの金を手にした……ということだな」

「そうだと思います」

「思います？」

藤堂に問い返されて、お寅は少しギクリとなった。

「そこにいる公事師、吉右衛門の話によると、『越後屋』の女主人、久実との話し合いの場には、おまえもいたとのことだが」

「はい。おりました」

「ならば、なぜ、その時に、伸助には鑑札を受け継ぐことはできないと、言わなかったのだ。店の主人は、鉄次ではなく、そこな順之助であると、はっきりと」

「それは……」

お寅は救いを求めるように、横にいる順之助をチラリと見た。藤堂はそれを察して、

「順之助。何か言いたいことはないか」

「はい……」

深々と改めて頭を下げてから、

「申し上げます。店を出す際に、鉄次は金を一銭も出しておりません。すべて私が両替商や知り合いの店から借り入れて、暖簾を出したのでございます。もしかしたら、昔の帳簿の中にも、そのことが記載されているかと存じます」

「うむ。当然、調べておる。おまえが借りたのかどうかは分からぬが、店が当時、数十両の借金をしておる」

「はい。それも軍資金となりました」

「軍資金……」

「ものの喩えでございます。店のために借金をしたのに、鉄次は私が遊興に使ったと言い張りましてね、それで喧嘩のようになって、私が出ていった次第です」

「うむ。その様子も、帳簿を検《あらた》めて分かった」

「とはいえ、鑑札は私に、お奉行様から下さったものでありますから、番頭の鉄次に、店を任せていた次第です」

「——随分と都合のいい、言い方だな」

ほんのわずかだが、藤堂が不快な顔つきになった。だが、順之助は怯《ひる》む様子などみじんもなく、堂々と答えた。

「私が店を出たのは、他の土地へ行って、別の商いをするためです。実際、小田原城下にて、海産物を扱う問屋を出しております。調べて貰えば分かります」

「うむ。それは後ほど調べる」

藤堂は話を鑑札のことに戻して、お寅に訊いたのと同じことを問いかけた。

「はい。私は鑑札を店に残して出ました。ですから、紛失したからと、鉄次がお奉行所に申し出たのは、嘘でございましょう」

「鉄次が嘘を、な」

「はい。そもそも、私が主人を辞めたなどと何処に記されているのでしょうか。辞めた覚えもないし、帳簿や控え帳にも、私が『桔梗屋』からいなくなったなど、何処にもないではありませぬか」

「そのとおりだ。だが……」

もう一度、藤堂はふたつの鑑札を掲げて、

「このいずれかが〝本物〟であるかを、ハッキリさせなければ、解決のしようがないな。鉄次が嘘の申請をして、自分の店にしたのならば、これは騙《かた》りといえる」

「ええ、そうでしょうとも……」

「だが、当人は死んでしまっている。息子の伸助も、女房の千鶴も分からない。唯一、お寅……おまえがよく知っていると思ったのだが、それも曖昧だ」

「曖昧ではありません。私は……」

「店の者たちは、長年、白っぽい方の鑑札が掛かっていたと証言しておるぞ」

「！……」

「だが、それも思い込みということもあろう。よって、改めてお白洲において、いずれが嘘をついているか、公事方として裁くことにする。その際は、町奉行直々に吟味するゆえ、さよう心得ておくがよい」

脅すような声で藤堂は言ったが、順之助は「仰せのままに」と堂々と返した。するると、吉右衛門は「しばらく」と声をかけた。

「お白洲で決着をつけるのは結構ですが、その前に、よろしいですかな」

「申してみよ」

藤堂が頷くのへ、吉右衛門は〝内済〟の提案を示した。

「どちらが真正な鑑札かも大事ですが、『桔梗屋』を長年、営み、繁盛させてきたのは、鉄次さんであることは間違いありません。順之助さんが店主であろうとなかろうと、現実に店を切り盛りしていたのは、鉄次さんです。それは動かしがたい事実で、取引先の人も奉公人も認めていることです」

「で、どうしたいのだ」

「縮緬問屋『越後屋』としては、鑑札がどちらであろうとも、千両もの大金を払ってまで、『桔梗屋』を手に入れたかったということです。ですから……この際、この鑑札をふたつとも、『越後屋』に引き取って貰ったという形にして、きれいに折半で如《い》何《が》でしょう」

「折半……？」

声を発したのは、順之助だった。吉右衛門はその方を見て、

「そうです。鉄次さんとあなたに、五百両ずつ。それで、如何でしょう」

「…………」

「これ以上、なんだかんだと揉めると、『越後屋』の方は、もういいやとなって、偽《にせ》鑑札を買わされただのなんだのと言い出すかもしれませんよ。そうなったら、金を返せとの騒ぎになるでしょう」

吉右衛門は穏やかな声ながら、順之助に向かって提案した。

「長年、何もしていないあなたにも、五百両です。悪い金額ではないと思いますがね。それならば、伸助さんや千鶴さんも納得します。私がそう説得します」

「うっ……」

しばらく考えていた順之助は、どう答えてよいか思案しているようだった。

すると、いきなり怒鳴ったのは、お寅の方だった。いつも長屋の住人に怒鳴りつけているときと、同じ物凄い大声だった。

「だったら、私はどうなるんだい！　私は一文もないのかい！　店を盛り立ててきた

のは私だよ！　兄貴なんか、何もしてないじゃないか！　この泥棒！」

吉右衛門はなぜか、ニッコリと笑ったが、藤堂は険しい顔になって、

「無礼者。ここは、お白洲も同じだ。お上が裁く場を愚弄するか。控えろ、お寅」

と毅然と命じた。

六

「そんなバカな話があるもんか」

お寅は今にも、順之助に摑みかからん勢いであった。

「ま、待て。落ちつけ、お寅……おまえにちゃんと分け前はやる」

順之助はそう言って、激昂したお寅の気持ちを抑えようとした。だが、お寅はさらに興奮が高まって、自分でも分からないくらい暴れそうになった。

すぐに同心が来て、押さえつけようとしたが、女力士のような腕力は半端ではなく、男でも吹っ飛ばすくらいだった。

「それ以上、やると、あなたが牢に行かなきゃなりませんよ」

寄り添うように近づいた吉右衛門が、首根っこを軽く押さえると、関節でも決めら

れたのか、猫のように大人しくなって、しくしくと泣き始めた。

「女郎のために大金を盗んだり、何処で何してたか分からない、こんなクソ兄貴が五百両も貰って、骨身を削って働き続けてきた私が、なんで惨めな思いをしなきゃいけないんだ」

「骨身は削られてないと思うが……ま、それより、落ち着きなさい」

吉右衛門がさらに撫でるように両肩に掌《てのひら》をあてがうと、秘術でもあるのか、お寅は腰を落として、だらりと両手も垂らした。

「——だって……私はずっと、働き詰めだったじゃないか……順之助兄さんが、鉄次さんと意気投合して『桔梗屋』に首を突っ込んでから、私は……好きでもない、徳三さんと夫婦にさせられた」

「えっ。好きじゃなかったのですか」

思わず吉右衛門が訊き返すと、お寅は初めて女らしい、しなやかな手つきで涙を拭いながら、嗚咽《おえつ》した。

「だって……あんな、とろくさくて、頭が悪くて、情けないほど弱っちい男なんて、誰だって嫌だよ……でも、鉄次さんと順之助兄さんに無理矢理……それで親族仲良く強い絆ができるって、わああ……」

とうとう泣き出した。よほど嫌だったのは分かるが、もう二十年ほど前のことで、大きな息子もいるのに、そこまで泣くかと吉右衛門は理解できなかった。

「徳三さんなんかと一緒になってなかったら、私はもっといい人と夫婦になって、優雅に暮らせたに違いない。人生を狂わされたんだよ。なんだよ、返しておくれよ」

「いや、しかし、立派な息子さんじゃないか」

吉右衛門が言うと、お寅は首を傾げ、

「えっ……会ったことあるの？」

「ああ。でも、その話はいいから、落ち着きなさい。自分の人生を無にするようなことを言ってはいけませんよ……あなたがいたからこそ、『桔梗屋』はあるし、久実さんも引き続き雇うと決めたのですからね」

慰める吉右衛門だが、首を左右に振りながら、お寅はまるで人形浄瑠璃の悲劇の女主人公のように、また嗚咽しながら、

「嫌な亭主でも、自分の腹を痛めた息子は可愛い。貫平のためですよ……身を粉にして働き続けたのは」

「粉にはなってないと思いますが、とにかく子供は可愛いものですからねえ」

「あの子は、小さいとき、喋るのが遅かったから……今でも遅いけれど、亭主に似た

のか、もっともっと遅かった……だから、近所の子にも、寺子屋の子たちにも、からかわれたんだ。だから、私は……あの子を守るために、大声になって、怒鳴ったりするようになったんですよ」

「そんなことはねえ。おまえはガキの頃から、声は大きく、態度も……」

と順之助は言いかけたが、やめた。また何倍かに返ってきそうだからである。

「兄ちゃん……もうよしなよ……」

「何をだい」

「――お奉行様……あ、違う……与力様。私が毎日、見ていた鑑札は、白っぽい檜の方です。奉公人が言うとおりです」

お寅が藤堂に向かって言うと、順之助は少し顔色が変わって、

「てめえ、何を言い出すんだ」

と止めようとした。が、お寅は撥《は》ねのけるような仕草をして訴えた。

「本当です。嘘つきは、順之助兄さんの方です」

「お寅……おまえ、五百両だぞ、五百両。おまえが頑張ったって、千両は到底、無理なんだ。何を言い出すんだ、こら」

「やっぱり嘘はいけない……そう思ったんです。私には貫平がいる。もし、ここで大

金に目が眩《くら》んで、お白洲で嘘がばれて、咎人になったら……あの子は、もっと虐《いじ》められる……近所の子たちにではなく、世間から白い目で見られる……生きていけなくなる」

「おい。五百両だぞ。ふたりで分けても、二百五十両だぞ」

「だから、そんな大金貰っても、咎人になってしまえば、貫平があまりに不憫《ふびん》で……」

お寅は散々、涙を流すと着物の袖で拭い払ってから、

「藤堂様……順之助兄さんは、とうの昔に、『桔梗屋』を辞めてます。鑑札を持って逃げました。その証拠は、もしかしたら、まだ店にあるか、千鶴さんが持っているかもしれません」

「どういうことだ」

訊き返す藤堂に、お寅は続けて言った。

「十何年前に、順之助兄さんが鉄次さん宛てに出した文があるはずです。私も、その文が届いたとき、鉄次さんに見せられました」

「おい、お寅……」

順之助は忌々《いまいま》しげに睨んだ。

「それには、ハッキリと、自分と店の縁を切るために、鑑札を変えておけ。元々、おまえが出した店だ。俺の名は一切使うな……と書いてたんです。でないと、もし店の主人のままだと、借金の返済を迫られるかもしれないからです……そうならないよう、借金は自分がしたくせに、鉄次さんに押しつけたんです」

「そんな文があるなら、見せてみろってんだ。出鱈目《でたらめ》を言うな。おまえ、どうかしてるぞ。実の兄を陥《おとしい》れたいのか」

その文が来た日のことを、お寅は明瞭に思い出していた。土砂降りの日で、店先で飛脚から受け取ったのは自分だったからだ。

「行方知れずのおまえの兄貴から、こんなものが来た……」

と涙顔で鉄次が見せてくれたのだ。

「私もそれを見て、実の兄ながら無責任な男だな、と心の中で思った。所詮は盗人根性の男のやることだ。自分は『桔梗屋』の人間ではないし、店だって鉄次さんのものだし……潰れようが人手に渡ろうが知ったことではない。そう思ってた……」

「…………」

「でも、その時、鉄次さんは、こう言ったんです……『俺は順之助さんのことは、ちっとも恨んでない。人は魔が差すことってある。図らずも泥沼に足を取られてしまうこともある。だから、いつでも帰ってきて欲しい』……って。だから、鉄次さんは私にも、順之助の妹だからって、気にせずに店にずっといてくれと……」

お寅は大きな体を震わせながら、悲しみに打ちひしがれた声で言った。心から悔やんでいるその姿を、吉右衛門はじっと見ていた。藤堂も頷いて、順之助に訊いた。

「こう申しておるが、どうだ」

「――つまり……鉄次は、俺が主人であることを認めているということですかね」

冷静を装った顔でそう言った。

「なんだと……」

「そうではありませぬか。でなきゃ、そんなことを、お寅に言うわけがない。自分にも何か疚《やま》しいことがあるから、俺のことを許すだの、お寅を雇い続けるなどと、御託を並べたのでしょうよ」

「相分かった」

詮議を終えると藤堂が言いかけたとき、吉右衛門は「ひとつだけ」と申し出た。

「順之助さん。お寅さんが言ったような文は出していないのですね」

「出しておりません」

「では、これには覚えがありませぬか」

吉右衛門は一通の封書を出して、まずは藤堂に見せた。それは、鉄次宛ての文で、今し方、お寅が話したような内容が書かれてあった。署名も順之助であった。

「古い店の帳簿に挟まれていたものです。きっと鉄次さんが取っておいたのでしょう」

藤堂はそれを順之助に見せて、

「しかと見よ。おまえが出したものだな」

「…………」

「店とはすべて縁を切ると書いてある。鉄次の店であることも認めておるが」

「――まったく覚えがありませぬ。どうせ、誰かが示し合わせて書いたものでしょう。鑑札を偽造したようにね」

順之助はあくまでも認めなかった。

「兄さん……！」

お寅は何か言おうとしたが、藤堂は止めて、

「今日の詮議はこれまで。その文を当人が書いた物かどうかは、筆跡なども調べた上で、後日、お白洲で改めて吟味致す」

と言った。判決は吟味の上、町奉行自身が下すということである。

「お白洲……」

「さよう。さっきも言ったとおり、今般の件は、町奉行が発行した鑑札絡みの事件である。単に商売上の揉め事や借金の話とは違う。偽造や擬装に利用された、お上の威信にも関わることゆえ、詳細な調べを致す」

藤堂の険しい口調に、順之助は生唾を呑み込んだ。

「当然、この詮議で嘘を並べていたとしたら、その者たちも罪に問われる。最悪の場合は死罪、遠島もあるゆえ、改めて精査して、お白洲に臨むよう心得ておくがよい」

そう宣言して、藤堂は詮議の場を閉じた。

数日後には、今でいう〝最終弁論〟の形で、町奉行の前で正直に話すことになる。場合によっては町奉行が提案した内済も考えられるが、ほとんどは町奉行が一方的に決定する。

退室間際、順之助は思わず大声を上げた。

「何をぬかしてるんだ！　お寅は平気で嘘をつきまくる恐ろしい女だぞ！」

奉行所に響きわたるかと思えるほどの声だった。

「吟味方与力のくせに、こんな女の言うことを信じるのか！」

背中を向けていた藤堂は振り返ると、落ち着いた声で言った。

「どちらを信じるかの問題ではない。訴人は順之助、おまえたちだぞ。自分たちが利益を得たいと訴訟を起こしてきた上は、おまえたちの主張に信憑性がない限り、お白洲でも負けるであろう。それが法の裁き方というものだ」

「そんなバカな……」

「だから、今日の鑑札以上の……まっとうな証拠があれば、お白洲の折に出せ」

「ですから、それは……」

順之助の声が小さくなっていくのを、お寅は憐れみながら見ていた。吉右衛門は深い溜息をついて、もう救われる余地はないかもしれぬなと感じていた。

後日、お白洲から呼び出しがあったが、順之助の姿は現れなかった。よって、鑑札は鉄次のものが正当だと認められた。

そして、持ち逃げした金については、鉄次は順之助を責めないという、お寅の証言が採用されて、町奉行としても「盗み」として探索をすることはしなかった。

新たな『桔梗屋』の軒看板と暖簾が掛け替えられ、奉公人も三人ばかり増えて、商いが再開されることとなった。

久実が奉公人たちの前で、「正直、誠実、親切」という〝商訓〟を掲げて、改めて手代たちに徹底するよう教え諭していた。その奉公人たちに混じって、お寅の姿もある。

「では、新しい店主を皆さんに紹介致します。さあ、こちらへ……」

と久実が誘ったが、誰も動かない。本店である『越後屋』から新任が来るかと思っていたが、久実が名指ししたのは、

「――お寅さん……さあ、こちらへ」

「ええ……！」

お寅当人も驚いたが、溜息混じりでざわついたのは、前からいる奉公人たちだった。心機一転と張り切っていた気持ちが、阻害されてしまった様子だった。

「いえ、私はもう……ここで働かせて貰うだけで充分ですので」

「そうはいきません。女主人の私の命令です。この店の仕切りは、今はあなたしか任せられる人はおりません。さあ」

仕方なく、みんなの前に立ったお寅だが、すっかりしょんぼりして、みんなにも合わせる顔がない様子だった。だが、久実は、これまでの商人としての実績や手腕、なにより鉄次から認められていた信頼を理由にして、再任したというのだ。

久実に背中を押されて、お寅はみんなに挨拶をするよう言われた。

「はい……ええ、みんな……見てのとおり、痩せ細ってしまいました」

誰も笑わなかった。

「私も生まれ変わったつもりで、これからもビシビシやっていきたいと思うので、宜しくお願い致します。ええ、木綿というものは、先代も話していたとおり、私たちの暮らしになくてはならないものですから、安いものを多くの人々に、ええ、届けなければなりません。そのためには迅速、丁寧を心がけ……」

毎朝、言われていた能書きを滔々《とうとう》と語り始めたお寅に、奉公人たちは、うんざりして聞いていた。が、なぜだか分からないが、やはり少し違うと感じてきたのか、本店の女主人、久実の立ち居振る舞い、美しさや精悍さも相まって、しだいに奉公人たちの目も輝いてきた。

「――はてさて、どうなることやら……」

店の表で見ていた吉右衛門は、後ろ手を組んで頷いて立ち去ろうとすると、その前に和馬が立っていた。

「また余計なことをしたであろう」

「はあ？」

「久実さんだよ」

和馬は目顔で、店内の久実を指した。吉右衛門は首を傾げたが、

「どうして、俺が狙っていたと知っていたのだ」

「狙っていた……」

「前々からな、凄い女商人だなと感心していたのだが、それ以上に、可愛い女だと思ってな。嫁にするなら、ああいうキリッとした〝女伊達《おんなだて》〟のいい女がいいなと」

「さいですか……」

「惚《とぼ》けるな。おまえは何度も会っていたようだが、俺に黙って縁談を進めてくれたのであろう……どうなのだ、久実さんの反応は」

「……………」

「それに、『越後屋』のような大店中の大店が親戚になれば、いくらでも貧しい人に慈悲ができると思ってな」

「お寅並みの強欲ですな」

「なに……?」

「相変わらず〝早とちり、勘違い、思い込み〟の三拍子が揃ってますな。ハハハ」

吉右衛門が笑って立ち去ろうとすると、何処かから「きゃあ」と女の悲鳴が上がった。振り返ると、なぜか荷崩れした大八車が暴走してきて、女の方に突進している。

考えるよりも先に、和馬はひらりと飛ぶようにして駆け出した。そのとっさの姿が、やはり和馬らしいと吉右衛門は思っていた。が、助けたのが女難の始まりになるとは、福の神の吉右衛門ですら知る由もなかった。

第四話　花の命

一

さくらんぼの花は、真っ白だが桜の花に似ていて、香りも仄《ほの》かに漂う。

初夏になると真っ赤な実がたわわにぶら下がり、さらに甘酸っぱい匂いが広がって、商家の庭先を彩《いろど》る。

そんな時節の真夜中――。

月明かりもなく、猫の目でも見えないほどの漆黒の闇の中を、黒装束の一団が千両箱を数個担いで走っていた。

十数人はいようか。だが、足音も立てず、素早く移動していた。

「向こうだ。急げ」

頭目らしき男が低く声をかけ、一斉に細い路地に駆け込んで走り抜けた。

するとそこには、同心と岡っ引、さらには捕方がズラリと待ち伏せていた。

同心は、北町奉行所定町廻りの古味覚三郎であり、岡っ引は巨漢の熊公だった。

「百目《ひゃくめ》の鬼十郎《きじゅうろう》一党だな。貴様らの悪行《あくぎょう》の数々、今月今夜で終わりだ。残念ながら、悪事を照らす月明かりはないが、この古味覚三郎がお縄にしてやるから、神妙にしやがれ」

古味が前置きを喋っているうちに、後ろの半分くらいは、すでに踵《きびす》を翻《ひるがえ》して逃げていた。盗賊一味は町方に追われていることは承知していたのか、臨機応変《りんきおうへん》で動きが速かった。

まっすぐ逃げた者もいれば、塀に飛び上がって消えた者もいる。古味たちが、一瞬、目移りして、誰を追ってよいか分からぬくらいの素早さだった。

先頭にいて、古味と対峙した頭目らしき男は、

「ふん。縛れるものなら、縛ってみやがれ」

と悪態をついた。

頬被《ほおかむ》りの奥にギラつく眼光は、その凶悪さを物語っていた。盗みのためなら手段を選ばない盗賊一党で、これまで十数件の事件のうち、五人も死人《しびと》が出ており、怪我人

はその数倍もいる。

それでも町奉行所が捕縛できなかったのは、まるで忍びのように一瞬にして消えることがあったからである。

後で調べてみれば、逃げ道の商家や長屋などに、塀が反転するなどの仕掛けを予《あらかじ》め作るなどして、素早い逃走を可能にしていたからである。だから今般は、盗みが入りそうな商家を下調べしておき、自身番や木戸番なども目を光らせていた。

百目の鬼十郎一党は、目をつけた商家には、取引先の商人や職人、十手《じって》持ちや場合によっては役人に扮して入念に調べ、押し込みから逃げ切るまでをすべて事前に策略を立ててから実行する。

しかも、動きは淀みなく素早い。それゆえ、

――伊賀《いが》か甲賀《こうが》の忍者ではないか。

と奉行所内では噂されていた。

以前、高山家にも同じような盗賊が押し入ったことがある。だが、それは和馬と吉右衛門の機転の利いた罠《わな》で、盗賊たちの欲目を利用して誘い込んだ上での捕縛だった。

此度《こたび》の盗賊は、楽して稼ぐことを考えておらず、むしろ困難を喜ぶような面があって、警戒が強い所ほど突破しているのである。まるで戦闘を楽しんでいるように。

「無駄だ、鬼十郎……俺は、おまえひとりを捕縛するだけだ。ゆえに、手の者もこれだけで充分なのだ。観念せい」

「ふん……」

頭目格が後退《あとずさ》りして逃げ出そうとすると、古味は路地に踏み込んだ。

「無駄だ。そっちにも町方は張ってるぞ」

と声をかけた古味の体が、勢いよくステンと転んだ。

どうやら路地一面に、毛氈《もうせん》のようなものが敷かれていて、それを仲間が思いきり引っ張ったようだった。だが、頭目格はそれに合わせて跳躍したので、きれいに着地した。足音を消せるのも敷物のお陰だ。

「貴様ら。抗《あらが》っても無駄だッ」

熊公に助け起こされた古味は、さらに追いかけようとしたとたん、今度は足下が掬われた。見えにくい細い縄が張られていて、膝に引っ掛かって前のめりに倒れたのだ。

「う、うわあッ――！」

熊公ともども、落とし穴に転落した。

落とし穴といっても、一尺くらいの溝《どぶ》みたいなものだが、真っ暗な中で転倒すると、弁慶の泣き所をしたたか打って、這い上がることも難しい。

「ま、待てえ……おい、熊公！　俺のことはいいから、先に追いかけろ！」

苛《いら》ついた古味が悲鳴のような声で命じると、熊公は「がってんでえ」と駆け出した。

路地の向こうでは、捕方と揉めているのか、騒がしい声がしている。

ようやく這い上がって、表通りに出ると、何処にも誰の姿もない。ただ、熊公だけが、大の字になって寝ていた。

「おい。何してるのだ、こら」

「むにゃ、むにゃ……」

熊公は目を閉じて、眠たそうに口を動かしているだけである。

「——なんだ……？」

古味が不思議そうに見廻したとき、目の前に人影が立った。

一瞬、驚いて立ち上がる古味に、「俺だ」と声がかかった。闇の中を凝視して、古味はハッと緊張した。

「これは、火付盗賊改《ひつけとうぞくあらため》の山岡達康《やまおかたつやす》様」

火付盗賊改とは先手組《さきてぐみ》千五百石で、役料六十人扶持の旗本である。町方同心とは格が違い過ぎるので、古味は深々と頭を下げて、恐縮して控えた。

「ご苦労である。今、町方の捕方と、うちの与力同心たちが追っておる」

「え、はい……しかし、たった今、奴らはここに逃げ出たはずですが……」

「うむ。儂も一歩、遅かった。まさに神出鬼没《しんしゅつきぼつ》……恐るべき盗賊だ」

そこに、山岡の配下がひとり来て、

「申し訳ありませぬ。またぞろ、逃してしまいました」

「愚か者ッ。人影は見たのだ。まだ近くに潜《ひそ》んでいるはず。近くの商家を叩き起こしてよいから、もっと徹底して探せい」

配下はしかと頷いて立ち去ったが、古味は訝《いぶか》しげに、背の高い山岡を見上げて、

「本当に見失ったので、ございますか……」

と緊張しながらも訊いた。

「北町の古味だったな。手下の木偶《でく》の坊《ぼう》をどうにかせい。酒臭いが、酔っ払って捕り物をしていたのか」

「えっ……酒なんかは……」

「酔っ払っているから、賊に一撃で倒されたのではないのか」

「そんなはずは……」

古味が熊公に近づいて匂いを嗅いでみると、たしかに酒臭かった。

「かような連中に任せているとは、北町奉行の遠山左衛門尉《とおやまさえもんのじょう》も名折れよのう。何度

も何度も、百目の鬼十郎に逃げられているのは、職務怠慢だと、幕閣でも噂されているらしい」

「…………」

「おぬしも、うかうかしていると十手を返上せねばならなくなるぞ」

山岡は嫌味な笑みを洩らして、背を向けて立ち去った。

また百目の鬼十郎を逃した——という噂はあっという間に広がり、翌日の読売でも、町奉行所の怠慢だと誹謗中傷《ひぼうちゅうしょう》の嵐だった。

特に、岡っ引の熊公が酒に酔っていたために、敵の襲撃にあっさりとやられ、逃してしまったと悪し様《ざま》に罵《ののし》られた。そのことで、熊公は、奉行所から〝謹慎〟を命じられ、長屋で腐っているしかなかった。

当然、熊公に御用札を与えていた古味も、奉行直々に叱責された。

縁側で庭のさくらんぼの木を見ていた吉右衛門に、読売を片手に座敷で寝ている和馬が、「やっぱり古味さんと熊公じゃダメだなあ」と苦笑混じりに声をかけた。

「またしても、ですな。あはは……」

「百目とは、五十人の盗賊がいるからとのこと。これだけの数の者が一斉に押し込んで、散り散りに逃げるとなれば、追いつめることも難しいだろうな」

「前に話していた、古味の旦那の口振りでは、火盗改が裏で繫がっているのではないか……などと言ってましたが、此度もその場に居合わせたそうですな」

「居合わせたのではなく、火盗改も探索に乗り出していたそうだ。町方は甘っちょろ過ぎて任せておけぬとな」

「まあ、そう言われても仕方がありませぬな。何度も取り逃がしているから」

「だな……」

「しかし、上手《うま》く逃げ通せたときには、必ず火盗改の山岡様がいたとか……昨夜もです。私としてはちと気になりますなあ」

「確かに不自然だが、捕り物は俺たちには縁がない。またぞろ、余計なことに首を突っ込むなよ、吉右衛門」

「はいはい。仰せのままに」

吉右衛門は笑って答えたが、少しばかり憂えた表情になって、

「――それより大丈夫ですか、和馬様……」

「え、ああ……まだ少し痛い。なんだかな……情けが仇《あだ》ってところか」

「でございますな。親切もほどほどにしないと……でも、捻挫と打ち身程度でよかった……和馬様でなければ、きっと頭か背中を激しく打って、死んでたかもしれませ

ぬ」

吉右衛門は縁側から座敷に入り、傍《かたわ》らにある炉で茶を点《た》てながら、

「それにしても、無礼にも程がありますな。命がけで助けたのに……あの大八車がもう少し通りの真ん中の方に寄っていれば、他にも怪我人が出ていたでしょう。和馬様が身を挺して停《と》めたために、あの女は助かり、被害は出ずに済んだというのに」

「もう、いいよ……」

「ですが、命が助かったのですから、せめて礼の一言があってもよいのに、何処の誰か知りませんが、逃げるように姿を晦《くら》ましました」

「何か事情があるのだろう……どこぞの商家のお内儀というところか」

「商家のお内儀……」

「久実さんとは似ても似つかぬ、おかめだったがな」

「そうですか？　私にはそこまでは……」

「いやいや。久実さんと比べれば、世の中の女はみな……」

「それ以上の悪口はいけませんよ」

「いいではないか。礼儀知らずの女だ……どうせ、主人に言えぬようなことを隠れてしていたのだろう。だから、あんな大事故があったのに、こそこそと逃げ出したに違

いない」

「でしょうな……」

吉右衛門は茶を差し出して、また庭のさくらんぼの木を見上げて、

「さくらんぼの木はすぐ伸びますからな……もう屋根より高くなって……花も綺麗に咲いている。来年も見られるといいのですがなあ」

と感嘆するように言った。

「おいおい。おまえには、まだまだ奉公して貰わねばならぬからな、中間《ちゅうげん》として」

「有り難き幸せでございます。いい年こいた息子に酷使される、親の気持ちがよく分かりますわい、あはは」

いつものような、暢気《のんき》そうな朝だった。

二

その日の昼下がり——ちょっとした買い出しに出かけた吉右衛門が、武家屋敷が並ぶ小名木川《おなぎがわ》沿いを歩いていると、高橋《たかばし》近くの小間物屋で、怒声が湧き起こった。
吉右衛門が近づくたびに、声が激しくなってくる。

「いいから言うとおりにしやがれ！　さっさとしねえと、どうなってもしらねえぞ！」

小間物屋の前で立ち止まった吉右衛門が振り返って見ると、店の中で、ひとりの四十絡みの男が陣取って、刃物を老婆にあてがって叫んでいた。

近くの住人や通りがかった者たちは、恐々《こわごわ》と見ており、自身番から番人も駆けつけてきていたが、男があまりにも興奮しているので、手が出せないでいた。

男は無精髭《ぶしょうひげ》だらけで、貧しい身なりをしており、いかにも金に困っていそうだった。

足下には油壺が置いてある。野次馬の話では、言うことを聞かないと老婆を殺して、油を撒いて店を燃やすと喚《わめ》いているという。

——どうやら、何か事情があって、やけくそになっているようだな。

吉右衛門はそう察して、男を刺激しないように、近づこうとした。

すると、その前にスルリと、女が割って入った。

どこにでもいそうな、商家のお内儀風の女である。潰《つぶ》し島田にしているのは、少し若作りなのか、着物も少し長めの袖で、桔梗《ききょう》の花柄の上品ないでたちだった。

「旦那さん、だめですよ。あの人は興奮しきってますから……」

店内の男はずっと老婆の首根っこに、包丁を当てて叫んでいる。

「ぐずぐずするな。早く呼んでこいってんだ。婆アをぶっ殺すぞッ」

男の顔も凶悪というわけではない。それこそ、どこにでもいそうな職人風だが、貧しさのせいなのか、少し痩せており、目はひきつり、腕が震えている。

「誰に対してか知りませんが、子供を連れて出てった女房を連れてこい。そう言ってるみたいなんですよ」

と言いながら振り返った女を見て、吉右衛門は「あれ？」となった。女の方も、「おや？」となって、「この前の」と、ふたりは同時に声を上げた。

和馬が暴走してきた大八車から助けた相手、その女であった。

「ああ。偶然ですこと。探していたのですよ、旦那さん……いえ、どこぞのご隠居さんでしょうか。会えて良かった。嬉しい！」

まるで何年も会ってなかった邂逅のように、内儀風の女は吉右衛門に抱きついた。

「こ、これ、これ……」

吉右衛門が困ったように女を離すと、店の中の中年男が、

「おめえらッ。人が真面目に脅してるときに、なにをいちゃついてやがるんだ」

と怒鳴りつけた。

「これは、すまん、すまん……とにかく、その刃物を置きなさい。話せば分かる」

そう言いながら吉右衛門が店に入ろうとすると、内儀風の女が止めて、

「話して分かる相手じゃありません。ご隠居さんは危ないから、下がってて下さい」

と堂々と店の中に、ひとりで踏み込んだ。

「こんなことする亭主だから、女房も子供も逃げるんじゃありませんかねえ」

「うるせえ。この婆アがどうなってもいいのかッ」

「いいですよ。その婆アさん、この辺りじゃ評判の悪い人でねえ。迷惑ばかりかけてんだ。始末してくれたら、大助かりだよ」

「な、なんだと……」

「それに、逃げたあんたの女房子供とも関わりがない人でしょ。どうなろうと知ったことじゃないから、さあひと思いにグサッとやりなよ。さあさあ」

相手を刺激してどうするのだと、吉右衛門は止めに入ろうとしたが、内儀風の女はさらに近づいていきながら、

「なんだ、てめえ……来るな。本当に刺すぞ。関わりねえなら、とっとと消えろ！」

中年男が匕首《あいくち》をさらに老婆の首根っこに近づけると、内儀風の女は持っていた巾着をジャラッと鳴らし、

「金に困ってるんだろ。さあ、これをやるから」

と小判を数枚出して見せた。そして、巾着ごと相手に向かって投げ出した。

「！…………」

思わず、中年男が巾着に手を伸ばし、小判を摑み上げようとしたとき、内儀風の女は素早く駈け寄って突き飛ばした。

「うわっ……」

仰《の》け反った中年男は背後の柱で頭を打ったが、

「てめえ、やりやがったなッ」

と匕首を握り直して、内儀風に斬りかかろうとした。

寸前、その腕を摑んだ吉右衛門が、エイヤッと背負い投げをして決めた。

したたか土間で背中を打った中年男は、噎《む》せるだけで声も出せなかった。見ていた野次馬の中から、自身番の番人らが来て、中年男の腕を捩《ね》じり上げて、連れ去った。

ふうっと溜息をついた老婆に、内儀風が寄り添うと、

「酷い娘だねえ……母親に向かって評判の悪い婆アだから、ひと思いにグサッとやれって……そりゃ、あんまりじゃないか」

と泣き出しそうな声で言った。

「相手を油断させるためですよ。本気なわけがないじゃない」

「いいえ。あなたって娘《こ》は、何をするか分からないから……ああ、心の臓が止まるところだったよ」

「大丈夫よ。おっ母さんの心の臓には毛が生えているから、百まで生きるわよ」

そんな様子を見ていた吉右衛門は、目の前のふたりが母娘《おやこ》だと知って、

「へえ……たいした娘さんだ……たしかに紙一重でしたな」

老婆に見えたが、まだ還暦にはなってなさそうだった。暮らしが苦しかったのであろうか、顔や手には染《し》みや皺《しわ》が多い。

「私より、ご隠居さんの方が凄いじゃないですか。この前といい、今日といい。本当に助けて戴き、ありがとうございました」

内儀風は素直な仕草で、ペコリと頭を下げて、

「私はこの小間物屋『晴屋《はれや》』の女将《おかみ》、多江《たえ》と申します。そして、母親のおその、でございます」

と言った。

「晴屋とは、珍しい屋号ですな」

「おっ母さんも私も雨女《あめおんな》なので……ええ、それで運気が下がったのか、代々、続い

ていた大店《おおだな》も潰れてしまって、今はこういう体《てい》たらくでございます」

多江が笑いながら答えると、母親は「余計なことを言うな」と手を振った。

「そんなことより、ご隠居さん。本当に先日はありがとうございました。命の恩人です。御礼を申し上げようと思ったら、さっさといなくなって、何処《どこ》のどなたか探していたのですよ」

「えっ……そうでしたか……私どもから見れば、あなたがいなくなったので……」

「ずっと近くにいましたよ。あの散乱した荷物まで一緒になって片付けていたのには、本当に感心致しました」

「なんだか話が食い違うが……ま、いいか。それより、さっきの男は知り合いかね。女房子供がどうのこうのと言ってたが」

吉右衛門が首を傾げると、多江が呆《あき》れ顔で答えた。

「何処に住んでるのか知りませんが、時々、この辺りに来ては騒ぎを起こしているんです。女房も子供もいないはずですよ」

「では、なんのために……」

「春の陽気で、おかしいのが時々、出てくるんですよ。ご隠居さんは、この近くにお住まいですか」

興味津々《しんしん》という顔で訊いてきた。

「ああ、菊川町《きくかわちょう》の竪川《たてかわ》に近い方だ。北町奉行の遠山様の別邸があるのだが、その町内だから、さほど遠くではない」

「やったあ。それじゃ。御礼に参りますので、すぐに案内して下さい」

「すぐに……」

「はい。一緒におられた方は、息子さんですよね。歌舞伎役者みたいで、なかなかの色男でしたよね」

「それは言い過ぎだが……まあ、宜しかろう。和馬様もあなたのことを心配してたし」

「私のことを！　まあ、嬉しい」

多江は母親に留守を頼んで、吉右衛門についていった。

あんな事件があったばかりなのに、多江はさほど心配する様子もなく、なんだか小娘のように歩く姿も浮かれていた。

堀川に架かる橋の上を歩いていると、吉右衛門に向かって、

「ご隠居さん。いつもありがとうございます」

「孫たちもお世話になってます。今度、できた芋《いも》を持っていきますね」

「先日はお疲れ様でした。和馬様にも、どうぞ宜しくお伝え下さいませ」

「今日は娘さん、いやお孫さんくらいの若い娘さんと、隅《すみ》に置けませんねえ」

などと親しみを込めた感謝の声が、擦れ違う人々から飛んでくる。その都度《つど》、吉右衛門もひとりひとりに気さくに返事をしていた。その様子を見ていて、

「素晴らしいですね。ご隠居さんは、この辺りの人たちに慕われているのですね」

「いや、それほどでは……」

「ご謙遜を。皆様の笑顔を見ていたら分かります。まるで福の神を拝むみたいで」

「いやいや……」

「それに、先程の柔術も素晴らしかった。やはり只者ではないのですね」

吉右衛門は擽《くすぐ》ったくなって、少し足早になった。その後ろに、ピッタリとついてくる多江は、まるで女幇間《ほうかん》のようである。

「本当に惚れ惚れしましたわ。凄い腕前」

「それより、何事もなくてよかった」

「ええ。災難続きで、とうとう深川くんだりまで……都落ちです」

多江は口に手をあてがって、

「あ、いえ、そんな意味で言ったのではありませんよ」

と言った。

先程も「母子ともに雨女のせいで、この体たらく」などと話していたが、よほど凋《ちょう》落《らく》したのであろうか。

「では、近頃、あそこに店を?」

「はい。ですから、今後とも宜しくお願い致しますね」

「ああ。私にできることであれば、なんなりと」

「わあ、嬉しいッ」

腕にしがみついたとき、吉右衛門の着物の袖がビリッと裂けた。

「あっ」

「これは、どうも相済みません」

「どうってことはない。私はこう見えて、針仕事も得意でしてな。ははは、この着物は古着屋で買ったばかりで、糸が弱ってましたかな。気にすることはありませんよ」

ダラリとなった袖を隠すように、多江は吉右衛門に、しがみついていた。その姿がまた、理無《わりな》い仲に見えなくもない。

高山家の前に立ったとき、多江は吃驚《びっくり》したように仰ぎ見て、

「お旗本でございましたか……」

表門を潜《くぐ》り、玄関から廊下を渡って奥まで、ずっと多江はしがみついていた。

「人が見てないから、もうよいですぞ」

吉右衛門は気遣いを感謝したが、多江は恥ずかしそうに俯《うつむ》いたまま、

「いえ……いざ、顔を合わせるとなると……なんだか、とても緊張して……」

と小娘のように小刻みに震えている。

「誰と……です」

「ですから……か、和馬様……とおっしゃるのですよね。息子さんは」

「息子ではありません。当家の主人が和馬様で、私はただの中間でございます」

その話も耳に入っていない様子だった。それほど緊張しながら、和馬の部屋に通すと、千晶がいた。しかも、和馬の上に馬乗りになるような淫らな格好だった。一瞬、目を疑った吉右衛門だが、どうやら和馬の足腰を整体しているようだった。

「いやだ……真っ昼間から……」

思わず多江は目を閉じた。が、千晶は汗だくの額《ひたい》を拭《ぬぐ》いながら、

「ご隠居さん……大丈夫ですよ。足の捻挫は大したことはありません。和馬様は肩や腰の方が痛んでいるみたいですね。日頃の姿勢が悪い証《あかし》です」

と言ってから、多江に気付いて、

「その御方は……」

訊いたとたん、今度は多江の方が素早く和馬の側《そば》に近づき、

「和馬様。大丈夫ですか。お怪我をなさっていたのですか。私のせいで……なんてことでしょう。ごめんなさい。ごめんなさい」

と必死に謝《あやま》った。

和馬は上体を起き上がらせて、多江を見たが、「誰だ」という顔になった。千晶は一瞬、ふたりの関係を疑って、

「どういうことです、和馬様」

「いや、それは俺が訊きたい。吉右衛門、この方は……」

「ほら。あれですよ。あの、ほら……」

「なんだよ」

「大八車の……ほら……」

「ああ。あの時の……」

ふたりのやりとりの言い草が曖昧で、千晶はさらに疑り深い目になった。

片や、多江は半分泣き出しそうな顔になって、

「探していたのです、ずっと……なのに、あなたはすぐに立ち去って……あの日から、

ずっとずっと探していたのです」

　と和馬の前で、深々と頭を垂れた。千晶は気味悪そうに見ながら、

「――どういうことです。和馬様、きちんと説明をして下さいますか。この方とは、どういう関係なのですか」

「どういうって……ちょっと説明するのは難しいが……」

　和馬が困惑気味に言うと、多江は深々と礼をして、

「私の命の恩人です。ですから、一目会って、御礼を言いたかったのです」

「御礼を……」

「はい。でも、このような美しい奥方様がいらっしゃるのでしたら、私なんかが入り込む隙なんかはありませんね」

　この女もかなり、思い込みや勘違いが激しいのだなと、吉右衛門は感じた。

「でも、安心しました……和馬様の幸せそうな暮らしぶりを垣間見られただけでも、私は嬉しゅう存じます。どうか奥方様も末永く、お幸せに……だんだん」

　もう一度、深々と頭を下げると、多江は俯いたまま逃げるように玄関に戻るのだった。和馬は何がなんだか分からず、

「――なんだよ、おい……だんだん、ってなんだ」

と言った。

だが、千晶は不満げに和馬の肩をゴリッと力一杯揉んでから、これまたふて腐れたように立ち去るのだった。

「いてて。どういうことだ、吉右衛門……」

「さあ、私にもよく分かりません。あまり関わらない方が宜しいようですな」

吉右衛門は苦笑するだけであった。

三

その夕暮れ、『晴屋』で店番をしていたおそのは、うとうとと眠っていた。

ガタッと音がして目が覚めると、店先に多江が呆然と立っている。川風に長い間、当たっていたのであろうか、髪も乱れている。

「——どうしたんだい……早く入りなさいな……」

おそのが言うと、多江はゆっくりと入ってきたが、「ただいま」も言わなかった。

「楽しかったかい。さっきのご隠居さんの家は……」

「ええ、まあ……」

気のない返事をしてから、多江は母親の隣に座って、愛おしそうに背中を撫でて、

「何処か他の町へ行こうか」

「え？　来たばかりじゃないの……もしかして、また好きな人にふられたのかい」

「…………」

「いつも好きな人がいる所は嫌だって、そのたびに引っ越ししてきたし」

「違うわよ。おっ母さんにこんな暮らしをさせているのは、なんだか申し訳ないし、お父っつぁんが残してくれていたお金で、ちょっとくらいは贅沢できるしさ」

「何を馬鹿な……蓄《たくわ》えなんて、ほとんどないし、商いだって、あんまり……」

「…………」

「おまえには、本当にずっと苦労をかけてばかりだね。謝らなきゃいけないのは、私の方だよ。あの店さえあれば……考えてもしょうがないことだけどね」

ふうっと深い溜息をついたおその顔を、しみじみと見ながら、

「それこそ、うちは街道筋とはいえ、結構、大きな商売をしていたのにね。まさか、こんなことになろうとは……」

「古い話だよ……嫁にも行かしてやれず、本当にごめんね」

「まだ行かずか後家の年じゃないから、心配しなくていいよ。それより、どうしてるの

かねえ、善吉《ぜんきち》は……」

「——もういいよ。あいつのことは……」

おそのが忌々《いまいま》しげに言ったとき、着流し姿の浪人者がふたり、店の敷居を跨《また》いで入ってきた。いずれも髭面《ひげづら》で目つきが悪い。

多江たちが覚えのある顔だった。

「こんな所に夜逃げしてたのか……昼間の騒ぎをたまたま見ていた奴がいてな。おまえたちだって分かったんだ」

相手が女や年寄りであろうが、容赦しないとでも言いたげに、浪人たちは睨みつけている。多江も表情が険しくなり、

「日下《くさか》さんと田川《たがわ》さんでしたかね……私たちはもう隠居も同然の身。善吉のことだって、一切、関わりないですよ」

「人の金で暮らして隠居とは、いいご身分だな」

大柄な日下の方が言った。

「おや、人のお金じゃありません。お父っつぁんのお金です。お陰様で、なんとかおまんまも食べられてますのでね」

「善吉はどこにいる。隠すとためにならねえぞ」

日下が大声を張り上げると、田川は売り物である置き皿や花瓶、扇子《せんす》、竹細工などを蹴散らしながら悪態をつき、勝手に奥の部屋に上がり込んだ。

「借りたものはきちんと返せって言ってるんだッ」

さらに怒鳴りつける日下に、多江は面倒臭そうに言った。

「ですから、お父っつぁんもそうでしたが、私は掛け売りもしませんが、人から借金も致しておりませんがね」

「善吉だよ。おまえの弟が『難波屋《なにわや》』や『伊勢屋《いせや》』から借りまくった金だよ」

「関わりありません」

「なめるなよ。匿《かくま》い通せると思うなよ。奴も江戸に来ていることは、こちとら前から承知しているんだ」

「知りません。もう何年も顔も見てませんので、すっかり忘れました」

多江が毅然と答えると、奥から田川に引きずられるように、十六、七の年頃の男が出てきた。まだあどけなさが残る、甘ったれな風貌だが、喧嘩ばかりして暮らしているのか、額や頬に生傷《なまきず》やたんこぶがある。

「——善吉……おまえ、どうして、ここに……！」

驚いたのは多江の方だが、おそのは申し訳なさそうに俯いている。

「おっ母さん……知ってたのかい」

「ちょっと前に……しょうがないだろう」

と言った。

「何年も会ってねえだと？」

日下は忌々しげに、多江を睨みつけて、

「ここにいるじゃねえか。月に一回くらいは、おっ母さんと姉貴の前に顔を出して、金を無心してたそうじゃねえか。その上、借金ばかりこさえてるんだから、酷《ひで》え弟だな」

「…………」

「だけどな。それはそれ。借金はきちんと返すのが人の道ってものだ。商人なら、尚更じゃないのかい」

田川に胸ぐらを摑まれたままの善吉は、情けなく眉を下げて、

「……姉さん、頼むよ。払ってくれよ。俺、殺されるよ」

「あんたに姉さん、なんて呼ばれたくないね」

「…………」

「そもそも父親が違うし、あんたを産んだ母親には会ったこともない。うちに来たの

は三つの頃で、おっ母さんは可哀想にと思って、自分の子のつもりで育てたけれど……どうせ母親もろくでなしだろ。おまえのせいで、うちの店は潰《つぶ》れ、お父っつぁんは病で……そのお父っつぁんが亡くなったときに、おまえにも過分な金をやったはずだ。今更、姉弟面《きょうだいづら》するな。おっ母さんとは、血も繋がってないんだ。何処ででも野垂れ死にしろ！」

どこから声が出てくるのかと思うくらい、多江は金切り声で悪態をついた。

日下はそれも慣れているのか、あしらうように多江の肩を押して、

「だったら、おまえが代わりに払うか。まだ女郎で充分、働けるぜ」

「よしとくれよ。赤の他人のクソガキの道楽の尻拭いは一切しない。浪人さん、そいつなんか、煮て食おうと焼いて食おうと好きにして下さいな」

「そうか。では、とりあえず……腕の一本でも貰うか……なあ、善吉。恨むなら、血も涙もねえ、おっ母さんと姉貴を恨めよ」

と日下が抜刀した。

そのとき──和馬が表から入ってきて、

「乱暴はよせ。詳しい事情は知らぬが、弱い者虐《いじ》めは、見て見ぬふりできぬな」

と言った。

「──か、和馬様……見て見ぬふりって……見てらしたのですか……」

「なかなかの啖呵《たんか》だったな」

　恥ずかしそうに俯いて、多江は母親を庇うように寄り添った。日下は刀の切っ先を和馬に鋭く向けて、

「関わりがない奴は出ていけ」

「いや。関わりはある。今日、知り合った」

「舐めてるのか、てめえは……」

「借金は幾らあるのだ」

「おまえが払うとでもいうのか」

「うむ。俺は旗本の高山和馬というものだ。払ってやるから、屋敷まで来い」

「は、旗本……」

「さよう。幾ら借金をしているのだ」

「そうさな、しめて五十両」

「たった五十両如きで、刀を振り廻して大立ち廻りとは、ろくでもない奴らだな」

「払うのか、払わないのか」

「やっぱり無理かな。そんな大金があるなら、可哀想な人に恵む方が役に立つ。おま

えらに返したところで、どうせ酒や博奕《ばくち》に使うだけだろう。もう帰れ。二度と、この者たちに関わり合うな」

「ふざけるな。旗本がなんだ！」

と日下が斬りかかると、和馬はひょいと避けて店の外に蹴飛ばした。その和馬の背中に、田川が斬りかかったが、後ろ向きのまま鞘ごとの刀で鳩尾《みぞおち》をついた。

「うっ……」

その場に崩れた田川の刀を素早く奪い取り、

「どうやら、腕を落とされるのは、おまえのようだな」

と刃を見せると、ふたりとも這うように逃げ出した。その田川に向かって、「忘れ物だぞ」と刀を放り投げる和馬だった。

多江は惚《ほ》れ惚れと見ていて、

「――ああ恐かった……和馬様……また助けてくれましたね……嬉しい」

とシナを作って、上目遣いで和馬を見るのだった。

「あ、ああ……それより、事情がありそうだな。良かったら、話してみないか」

紅潮した顔で和馬を見つめながらも、

「恥ずかしながら……」

と店の奥に案内した。その時、善吉の頭を思い切りバシッと叩いた。

「い、いてえ……何するんだよ」

多江の前に正座をさせられた善吉の様子を、和馬はじっと見ていた。

「まだ懲《こ》りないのかい、善吉……」

「……………」

「おまえが入れあげてる水茶屋の女や出入りしている賭場《とば》は、さっきのような連中が後ろに控えてるんだ」

落ち着いたのか、多江はさっきの様子から、諄々《じゅんじゅん》と説教をする姉の態度に変わった。

「その年になれば、少しは世間てものが分かるだろう。そりゃ、お父っつぁんは三島《みしま》宿《しゅく》でも一番の酒問屋を営んでたよ。『鶴亀屋《つるかめや》』っていえば、東海道中で知られてたくらいだ。旅籠《はたご》や料理屋が沢山あるし、旅人も多いから、結構な商いができてた」

「……………」

「でもね、覚えてるだろ……おまえがつまらない旅のやくざ者と喧嘩したお陰で、お父っつぁんが思わず手を出したから、罪人にされてしまい、あっという間に転落だよ」

「——知らねえよ」

バシッともう一度、多江は善吉の頭を叩いて、

「人様に迷惑をかけて生きていけると思いなさんなよ。善吉って名が泣くよ」

「だから、姉貴たちにだけ迷惑をかけてるんじゃねえか」

「私たちも懲《こ》り懲りなんだよ。身内に咎人《とがにん》でも出てみなさいな。私だって一生、後ろ指さされて生きてかなきゃならない。いいえ、首を吊らなきゃならないよ」

「大袈裟《おおげさ》な……そんな姉貴だって、ここんところ、散財しまくってるじゃないか」

「散財？　冗談じゃない。売り物を買ってるんだよ」

「……もういいよッ。どうせ赤の他人だもんな。俺が海に土左衛門で浮かんでも、涙ひとつ流さないだろうよ」

と立ち上がると、飛び出していった。

憤懣やるかたない多江を見て、和馬は心配そうに声をかけた。

「大丈夫なのか。借金はよくないが、弟はまだ遊びたい年頃だろう。俺でよければ、何かできることが……」

「そんなこと……」

多江は恥ずかしそうに苦笑して、

「とんでもないところを見られてしまいました……穴があったら入りたい」

「でもな……」

「あれは、いつものことなんですよ。それより高山様。験直《げんなお》しに、ちょいと鰻《うなぎ》でも食べに付き合ってくれませんか」

するとと丁度、和馬の腹の虫がぐうっと鳴いた。

「ほらね。私のお腹の虫とも気が合いそう。おっ母さん、お土産《みやげ》買ってくるからね。さあさあ、遠慮なさらず」

と和馬の袖を引っ張ったとたん、ベリッと袖の付け根が少し裂けた。

「あら……吉右衛門さんの繕《つくろ》いが悪かったのですね。うふふ……だって、これも古着屋で買ったものなんでしょ」

「あ、まあな……」

「正直な御方。益々、好きになりましたことですわよ」

変な言い草で、多江は袖を縫い直すと言った。妙な女だなと和馬は思ったが、どうも調子がおかしくなってしまう。吉右衛門が、

——関わらない方が宜しいようですな。

と言ったことが蘇《よみがえ》った。

四

鰻屋の店内には、まもなく暖簾《のれん》を下げる刻限だから、他に客もおらず、図らずもふたりだけになった。ふたりの前には、何段もの重箱が積まれてある。そのほとんどを食べたのは、多江だった。

呆れ顔で見ている和馬の前で、多江は本当に満足そうに食べ続けている。

「いやあん、幸せえ……江戸って、やっぱり美味《おい》しいものばかりあるんですね。江戸で初めて食べたとき、美味しくてたまらなくて、癖になりました」

「え……？」

「私が生まれ育った三島宿では、鰻は御法度なんですよ。食べてはいけないんです」

「なんでまた」

「三嶋大社の神様を海から連れてきたのは、鰻たちなんです。神様のお使い。和馬様の吉右衛門さんのようなもの……だから、食べることができないので、こんな美味しいものだとは知りませんでした」

「へえ、そうなのか」

「うちの店は、その三嶋大社のすぐ目の前でした」

「ならば、好きなだけ食べるがよい。ここは俺が……」

「私が奢《おご》りますよ。だって、貧乏旗本なんでしょ。あの帰り、近所で聞き込んできました。高山家のことは」

「さようか……」

「ああ、美味しかった」

ぜんぶ平らげた多江は、店の親父を呼びつけて、ポンと一両置いて、おつりはいらないと言った。鰻屋の親父は吃驚して、

「いえ。こんなに戴いては……」

「いいんですよ。弟に取られるよりマシです。それに、今宵、この和馬様と一緒になれたってことで、お祝儀です」

「お祝儀……」

「江戸では、男と女が一緒に鰻を食べるって、理無い仲って意味らしいですね。そういうことなの、うふふ」

困惑した顔の和馬だが、色々と苦労をしてきた女のようだから、何も言わずに見ていた。だが、また吉右衛門の言葉を思い出して、

「では、今日のところは馳走になっておく。また……の機会があるかどうかは分からぬが、無事息災に生きていくがよい」

サッと立ちあがると、和馬は逃げるように店の外に出て、そのまま駆け出した。後から出てきた多江は、辻灯籠《つじどうろう》に浮かぶ和馬の後ろ姿を見て声をかけた。

「あはは……和馬様。腹ごなしですかあ」

和馬はスタコラと去っていくが、

「私、子供の頃は三島で遠駆けや遠泳で、鍛えてるのですよ」

と多江は履き物を脱いで、裾《すそ》を捲《まく》ると懸命に追いかけた。だが、やはり食べ過ぎたのか、思うように走れなくて、脇腹も痛くなり、その場に転がるようにしゃがみ込んだ。

もう十数間先に行っていた和馬だが、振り返ってみると、道の真ん中でしゃがみ込んでいる多江の姿を見て、

「お、おい……！」

驚いて駆け戻った。大丈夫かと声をかけようとしたら、

「ほら、引っ掛かった」

と多江は抱きついた。

和馬は呆れたが、仕方なく土を払って立ち上がらせようとすると、多江はくらっとなって、倒れそうになった。抱きとめた和馬は、ふざけているのかと思ったが、見るからに具合が悪そうだ。眉間に皺を寄せて、痛い痛いと脇腹辺りを触っている。

「あんなに食ったのに、無理するからだ」

「だって、和馬様が逃げるんですもの。あのまま逃げて、何処か遠くにいなくなるような気がしたから……」

「屋敷を知ってるだろう。何処にも行きやしないよ」

「本当に？　本当に何処にも行かないのですね」

「え、ああ……言葉の綾だ」

「それでも、嬉しい……あ、痛い……痛い」

と言いながらも、和馬に抱きついたまま気を失った。

翌朝——。

目が覚めた多江が最初に見た顔は、千晶だった。心配そうに覗き込んでいた。

「あっ……」

「大丈夫ですか……随分と鰻を召し上がったそうですが」

「和馬様は……」

「所用があって、家に帰りました」

「ここは……」

「深川診療所です。藪坂甚内先生という名医が開いている所で、この界隈の貧しい人だけを只で診ています」

「そうなんですね……お世話になります」

多江は素直に謝ったが、じっと真剣なまなざしで見ている千晶の表情が気になった。

「何か……」

「いえ。先生の話では、随分と体も酷使しているようだから、しばらく療養した方がよいとのことです。薬も適宜、処方しますから、どうぞ安心して過ごして下さい」

丁寧に話す千晶の様子が、多江にはなんとなく不気味にすら感じた。

「あの……その他に、先生は何か話してませんでしたか」

「えっ……」

少し驚いたような顔になる千晶は、

「何処か気になるところがありますか。他に痛いところとか……」

「いいえ……随分と良くなりました……昨夜はちょっと、はしゃいでお腹一杯なのに、走ったりしたから」

「ええ。和馬様から聞きました……先程は、吉右衛門さんも来て心配してましたよ」

「ご隠居様が……」

「あなた、大八車の一件で助けられたとき、姿が見えなくなったそうですが、ご隠居さん、何となく気になって、もう一度、確かめに行ったそうです」

「何をです……」

訝しげに訊く多江に、千晶はこう続けた。

「事故があったとき、あなたは路地にしゃがみ込んで、何か苦しんでいたそうですね」

「えっ……」

「それを見かけた近所の商家の人がいたのです。吉右衛門さんは、それで姿が見えなくなったのかと思ったそうですが……走っただけで倒れたと聞いて、とても案じてらした。もちろん、和馬様もね」

「そ、そうですか……」

なんとなく気まずい感じになって、軽く微笑《ほほえ》みかける千晶に、多江の方から訊いた。

「和馬様とは、つまり、そういう……奥方様ではないとは聞きましたが」

「さあ。殿方の気持ちはサッパリ分かりません」

「ですよね……」

「他に好きな人もいるようですし。それが綺麗な人でしてね」

「はあ、そうですか……女たらしなんですね、和馬様は」

多江は納得するように頷いて、ゆっくりと立ちあがると、お世話になりましたと頭を下げて出ていこうとした。千晶はまだしばらく様子を見た方がいいと止めたが、

「いいのです。私はどうせ……」

「どうせ……？」

「いえ……和馬様と鰻を食べられて、とても楽しかったとお伝え下さい」

引き止めるのを遠慮がちに制して、多江は無理するように出ていくのだった。

その帰り道、ふと思いたって、富岡八幡宮に立ち寄って参拝した。神仏は信じている方だが、店が潰れてからは、

——この世に神仏はいない。

と感じていた。

世間にはよく転がり落ちるように、境遇が変わる人がいるが、自分もそうなのだと思うと、悲しく辛かった。三島宿では、蝶よ花よと育てられた幼い頃から、何不自由なく暮らしてきた。

だが、本当に、たったひとつの事件で、それまでのすべてが失われた。

キッカケは善吉だが、相手が悪かった。父親はそれが原因で病気になって死に、母親も急に老け込んで体が思うように動かなくなった。苦労知らずの娘が、母親の面倒を見るのは大変なことだったが、父親が残してくれた幾ばくかの金があるから助かった。

それでも、善吉のせいで借金取りから逃げるように転々として、江戸市中も何度か住まいを変わった。生きていくには何か商いでもしなければならない。小間物屋を開いたのもそのためだが、女の身空《みそら》で本当にどうしようもないくらい疲弊していた。

鈴を鳴らして柏手を打ち、深々と頭を下げてから、参道に戻ろうとすると、和馬が若い商家の内儀風と歩いてくるのが、一瞬にして多江の目に飛び込んできた。

すぐに背中を向けて、多江は裏手の方へ足早に行った。そして、本殿の通路の下から隠れるようにして見ていた多江は、改めて内儀風の女を見て驚愕した。

「——まさか……く、久実さん……!?」

しばらく凝視していたが、多江は耐えられなくなったように顔を伏せて、さらに裏手の方に小走りで去るのであった。

五

翌日、多江の姿が、京橋の縮緬問屋『越後屋』近くの骨董店《こっとう》にあった。

そこには、貴重そうな刀剣や鎧《よろい》、名人が作ったという壺や掛け軸などが、品良く陳列されていた。数人いる他の客は真剣な目で見ていたが、多江は大通りを挟んで斜め前にある『越後屋』ばかりを見ていた。

店は大繁盛しており、番頭や手代の間を、忙しそうに働いている久実の姿は、美しい仕草ながら溌剌《はつらつ》としていた。

「お客さん、さっきから『越後屋』さんばかり見ておられますが、あなたもご見物ですか。女なのに、おかしいですねえ」

初老の主人が多江に声をかけた。

「見物……？」

「美しいでしょ、お内儀……うちのかみさんとは大違いだ」

「…………」

「店の女将として、よくやってますよ。ご主人が亡くなってから、ずっとひとりで。

奉公人はみな、子供みたいなものだってね。まだ若いのにねえ、大したものですよ」

「──そうですか……『越後屋』さんのお内儀はご主人を……」

「それより、あなたが持っている茶碗。それ十両はしますから、どうか落とさないで下さいましね」

「えっ！」

吃驚して余計に落としそうになったが、多江はなんとか袖で受け止めて、棚に戻していると、和馬が店から出てくるのが見えた。それに寄り添うように、久実も来て、軒看板のある屋根や庇を見上げたり、横手の細い路地を眺めたりしている。

その仲睦まじそうな姿を目の当たりにして、多江は深い溜息をついた。そして、別の茶碗に手を伸ばし、

「お邪魔しました。こっちのを戴いていくわ」

と言うと、主人は揉み手で、

「さすがお目が高いですなあ。それは耀変天目《ようへんてんもく》といって、百両でございます」

「ええっ！」

「嘘ですよ。そんなものが出廻ってるわけがありませんし、本物なら何千両もしますよ。それは紛《まが》い物で、一両」

「そうですか……紛い物ですか……」

「ええ……どうでしょう」

「紛い物の私には丁度、いいかもしれませんね。でも、やめときます。余計、惨めになりますから。ごめんなさい」

と多江は店から出ていった。

変な客だと首を傾げている主人を振り返った多江は、

「でも、紛い物にも千両、万両と値を付ける人もいますからね。あなたは正直です。また来ますね。生きていたら……」

と意味深長な言葉を吐いて出ていった。

深川に戻り、掘割沿いの道をトボトボ歩いていると、通せんぼをするように、ならず者が数人現れ、いきなり匕首を出して、

「善吉の姉貴だな」

と訊いたが、多江は無視をした。

「分かってるんだよ。惚《とぼ》けるんじゃねえよ」

ならず者の兄貴格が恐そうな顔を近づけたが、多江は平気な態度で、

「だから、なんです。金返せってのは聞き飽きましたから、好きにして下さい」

「てめえを殺すぞ」

「殺したきゃ、どうぞ。好きな人にはふられたし、どうせ老い先短い命だし」

「老い先短い……?」

「どうぞ。ひと思いに殺《や》って下さいな。その方が、せいせいしますから」

「からかってんのか、てめえ……こちとら遊びじゃねえんだ」

脅そうと匕首を握り直したとき、小柄《こづか》が飛来して、遊び人の腕に突き立った。

あっと見やると、和馬が駆けつけてきて、多江を引き離した。次の瞬間、抜刀するや、遊び人たちの髷《まげ》や帯を斬り裂いた。

「遊びじゃないなら、こっちも本気でやるぞ。この前の浪人の仲間だな」

「なんだ、てめえッ」

兄貴格は髷を斬られていたが、長脇差を抜き払って斬りかかってきた。

和馬は長脇差を弾《はじ》き飛ばして、兄貴格の肩に峰打ちで落とすと、他の者たちにも膝や手首などを打ちながら、掘割に突き落とした。

「二度とこの人にちょっかいを出すな。来るなら俺の所に来い。すぐそこの旗本の高山だ。よく覚えておけッ」

恫喝《どうかつ》するように怒鳴りつけると、和馬は多江の腕を取って、さっさと歩き始めた。

「和馬様……」

「いいから来い。あんなやけっぱちなことを言うのではない」

「いえ、私は……もういいんです」

今度は、多江の方から手を振り払った。それでも和馬は真剣なまなざしで、

「吉右衛門が色々と調べた。弟の善吉のことだ」

「えっ……」

「善吉が関わっていた奴らは、浅草の寅五郎《とらごろう》一家というタチの悪い者たちだ。後は、こっちで話をつけることにしたから、おまえたちは、もう相手にすることはない」

「…………」

「分かったな」

和馬は念を押したが、多江は礼を言うどころか、呆れたように苦笑して、

「──つくづく、お節介焼きなのですね。あなたもご隠居さんも」

「おまえを見ていると危なっかしいから、見て見ぬ振りができないんだ」

「そうですか……でも、助けようと思っても、どうしても無理なこともありますよ」

「なに……？」

「なんでもありません。それこそ、和馬様には関わりのないことです」

吐き捨てるように多江は言って、

「どうして、私がここにいることが……？」

「京橋の『越後屋』の近くで見かけたものでな。気になって追ってきたのだ」

「そうですか、京橋の……」

多江は唇を嚙んで、和馬を見上げた。

「和馬様は久実さんにご執心なのでございますか？」

「えっ……」

「千晶さんも、どなたのことかは存じ上げませんが、心配してましたよ」

「久実さんのことを知っているのか」

「ええ。まあ……気になりますか」

歩き出す多江を、和馬は追いながら、どういう仲なのか訊いた。

「あの人は、父の店の奉公人の娘です。三島におりました。私より四つほど年上で、小さい頃は、よく遊んでくれました」

「そうだったのか……」

「小さい頃から綺麗な人でね……年頃になって、旅に来ていた『越後屋』の若旦那に見初《みそ》められて、嫁に行きました。十七の頃です。それからは会っていませんがね……

富岡八幡宮で一緒にいたのを見かけました」

「……だったら、会いに行けばよいではないか」

和馬は勧めたが、多江は自嘲ぎみに、

「まさか……こんな惨めな姿になっているのを、見られたくありませんよ」

「…………」

「それに、久実さんはご主人に亡くなられたそうですね。それでも気丈に女商人として、大層な腕を振るっているとか」

「だからこそ、おまえの苦労を知ったら、親身になってくれるんじゃないか」

「いいえ。人様に迷惑をかけたくありません……」

話の途中に、多江は脇腹を押さえて、和馬に体を預けるように傾いた。

「ごめんなさい……わざとじゃありませんよ……」

「藪坂先生も案じてたぞ。大丈夫なのか」

和馬は支えたまま、近くの茶店に「借りるぞ」と声をかけて表の縁台に座った。

ほっと一息つく多江に、和馬は優しく言った。

「まだ、どこか痛むのか？」

「妙なもんですね……商いが上手くいってるときは、ちやほやされるけれど、傾いたとたん、世間からは悪し様に言われ、息子を助けただけなのに、お父っつぁんは咎人扱い……それでも善吉はあの調子……お父っつぁんは、心の休まる時がなかったと思います」

「……」

「私も同じです……だから、心から信頼できる人も……いません。でも……旦那さんが何のためらいもなく人助けをしたとき……本当に立派な人だと思った」

「……」

「この世知辛《せちがら》い世の中……しかも、生き馬の目を抜くという江戸で、なかなか咄嗟《とっさ》にできることじゃないです」

必死に話す多江だが、どうも息苦しそうである。

「顔色が悪いな……やはり、藪坂先生にもう一度、見て貰う」

「無駄ですよ……」

多江は項垂《うなだ》れて、肩を竦《すく》めるように、

「もう一月《ひとつき》くらいの命ですから」

「なに。どういうことだ」

「背中と腰の辺りを指して、この辺りが酷く痛いので、町医者に見て貰ってました。

すると……腎の臓が腐っていて……よく保《も》って三ヶ月だと言われました。血が作られなくなるそうですから。もう二ヶ月が過ぎました」

「！……」

「お先、真っ暗です。そりゃ苦労知らずで育ちましたがね、悪いことなんてひとつもしたことがない……お父っつぁんが死んでから、私なりに一生懸命働いたつもりです。なのに、神も仏も助けてくれなかった……」

「………」

「おっ母さんのことも心配です。私が死んだら、独りで大丈夫なのか。善吉はどうなっちゃうのだろうと考えると……うう……」

　衝撃で神妙な顔になる和馬に、多江は微かに笑いかけて、

「和馬様……見て見ぬふりだけで、私を助けることができますか……」

「――とにかく、藪坂先生にもう一度、診て貰おう。江戸で屈指の名医なのだ。なんとかしてくれるに違いない」

　慰めるように和馬は言ったが、多江は今度は泣き出しそうな顔になって、

「私……まだ死にたくない……おっ母さんと馬鹿な弟の面倒だけ見て、ちゃんと恋もしていない……花の命にしても短か過ぎます……ほ、本当は怖いんです……怖いんで

すよ、和馬様……怖くて怖くて、何かしてないと私……」

うわあと堰《せき》を切ったように泣き出した多江の肩を、和馬はひしと抱きしめた。

六

その夜——浅草の外れの水茶屋に、善吉が座っていた。茶釜の前では、前垂れ姿の女お糸《いと》が、茶を淹《い》れている。女は艶《なま》めかしい流し目で、善吉を見ながら、

「あんたも散々、苦労してきたんだねえ」

「…………」

「まだ若いのに、これから先が思いやられるわよねえ」

善吉に比べれば、数歳年上だが、入れ込んでいる女のようだった。

「でも、それもそろそろお終いにしなきゃいけないよ。いつまでも、おっ母さんや姉さんにおんぶに抱っこじゃ、男として立たないじゃないか、ねえ」

「ふん。どうせ、おっ母さんは血のつながりのない奴だから、俺のことは嫌いなんだ。姉貴だって、自分の母親を裏切った男の倅《せがれ》なんて、認めたくねえんだろう」

「そんなに、身内の悪口を言うもんじゃないよ……それより、『越後屋』の方は、ど

うにかなりそうかい」

茶を差し出す女に、善吉は大きく頷いて、

「細工は流《りゅう》々《りゅう》仕上げを御覧《ごろう》じろってな……はは、だから今夜は茶より酒より、なあお糸《いと》……俺の女になれよ、なあ」

と女を押し倒した
「焦るんじゃないよ。そんなことしていると、それこそ道を踏み外すよ……今日は、そうさねえ。良い所に連れてってあげるからさ」

そこから、ぶらぶらと月を見上げながら歩いてきたのは、吉原大門《よしわらおおもん》であった。

その華やかな色町の通りは、通人風《つうじんふう》の客や引手茶屋に迎えに来る遊女たちの姿で賑わっていた。夜なのに、まるで真っ昼間のような明るさで、煌《きら》びやかだった。

大門の中に、お糸が善吉の背中を押して、

「しっかり、男になってきなさいな」

と声をかけると、すでに待っていた何処かの遊郭の若い衆が来て、ある妓楼《ぎろう》まで案内した。一際《ひときわ》、大きな大見世《おおみせ》である。

「――す、すげえ……」

極楽にでも来たかのように、善吉は目を輝かせていた。

二階の大座敷には、絢爛《けんらん》豪華に着飾った太夫《たゆう》がおり、まったく場違いな所に入り込んだように、善吉はおどおどしていた。

上座には、身分の高そうな武士がおり、その両側を守るように、浪人が数人、居並んでいた。その中のふたりは、いつぞや『晴屋』まで脅しに来た日下と田川だった。

一瞬、善吉は驚いたが、怖がってはいなかった。

「これは、日下さんに田川さん……」

顔見知りという感じである。日下もほろ酔い気分なのか、

「まあ、こっちへ座れ、善吉」

と手招きした。

下座では芸者、幇間などが、三味《しゃみ》太鼓《たいこ》にあわせて、賑やかな歌と踊りを披露していた。あまりにも艶《あで》やかな雰囲気に、善吉は圧倒されていたが、酌婦が近づいてきて、

「さあ、駆けつけ三杯。今日は、お兄さんのために一席、設けたとか」

「えっ……」

「なんでも、皆様のお仲間になる晴れの日だとか。さあさあ、景気よくいきましょう」

「あ、は、はい……」

「あら。若いのに、お堅いのねえ。でも、すぐに慣れますことよ」

杯《さかずき》を受けた善吉に、日下は上座の武家に挨拶をしろと言った。

「お初にお目に掛かります。善吉と言います。若輩者ですが、以後、お見知りおきのほど、宜しくお願い致します」

「ほほう……若いのに、しっかりしているではないか。契《ちぎ》りの杯だ。ぐいっといけ」

「ありがとうございます」

善吉はあまり飲み慣れていない酒を、ぐいっと呷《あお》ると、すぐに酔いが廻った。そして、日下に耳打ちして訊いた。

「――すみません……その御方は、どなたなんですか」

「ここでは、大きな声では言えぬがな……火付盗賊改の山岡達康様だ。他言無用だぞ。粗相のないようにな」

「えっ。日下様、そんな偉い御方と……」

「シッ……これで分かったか。俺たちが、ただの浪人でも付け馬《うま》でもないことが」

付《つ》け馬とは、遊廓で遊んだ金が足りないとき、取り立てる者のことだが、日下たちは火盗改・山岡の私的な用心棒として雇われているようだった。

すっかり酔いが廻った善吉は、遊女たちに抱きつかれて、気分良くなっており、宴が盛りあがり、裸踊りまでするハメの外しようだった。霧島《きりしま》太夫にしなだれかかり、山岡も満足そうに笑って、善吉を眺めていた。

「御前《ごぜん》様。もっとお飲みくんなまし。さあさあ」

と大盃を差し出される。

それを受けて、相好《そうごう》を崩す山岡とチラリと目顔を交わして、日下は善吉の側に行き、

「今宵は無礼講だ。好きなだけ飲んで、大騒ぎして、女を抱くがよい。だが、分かっておるな……善吉」

と囁いてから、一緒になって騒ぐのであった。

すると、そこへ廊下から、ヨロヨロと酔っ払いの老体が転がり込んできた。

ご隠居の吉右衛門だった。

顔を真っ赤にして泥酔しており、ようやく立ちあがっても足下がふらついている。

「これは、し、失礼……致しやした……」

呂律《ろれつ》の廻らない舌で謝ったが、また転がりそうになるのを、付き添っている遊女が吉右衛門の体を支えた。

「さあさ、ご隠居さん。お座敷はここじゃありませんよ。もっと向こうですからね」

遊女は厠《かわや》に行った帰りに迷ったと言って、山岡たちに謝って、連れ去ろうとした。

吉右衛門は、目の前にいる善吉に向かって、

「おお、こりゃまだ若造のくせに、こんな所で豪勢に……しかも遊郭一の太夫をはべらせての遊びとは……どうせ、ろくでもないことをしてるのだろう……ひっく……どいつもこいつも、悪い面《つら》ばかりが揃っておるなあ」

「なんだとッ」

日下と田川が立ちあがると、山岡がチラリと見て、

「よいよい。早う向こうへ連れていけ」

と命じた。遊女たちは吉右衛門を抱えるようにして廊下に出して、ふらふらと立ち去るのであった。


縮緬問屋『越後屋』に善吉が現れたのは、その翌日のことだった。夜遅くまで騒いでいたのに、妙に爽やかに目覚めた。

「やっぱり、安酒とは違うのかなあ。はは、世の中が違ってみえらあ」

善吉は、母親のおそのを連れている。

店に入ると、帳場にいた久実の方から、そっと近づいてきて、

「もしかして、『鶴亀屋』の大奥様じゃありませんか」

げ、
と訊いた。

おそのが覚束《おぼつか》ない足どりで、上がり框《かまち》のところに腰掛けると、善吉が深々と頭を下
「そうです。おその、でございやす。俺のおふくろでございやす」

「おっ母さん……」

「久実姉さんでございやすよね」

「はい……」

「俺は、善吉です。まだガキだったから、覚えてないかもしれやせんが、姉貴の多江と一緒に、よく遊んで下さいやした」

「えっ。あの善ちゃん……まあ、こんなに大きくなって……」

懐かしそうな顔になる久実は、店先ではなんだからと座敷に上げ、手代に茶と菓子を運ばせた。大きくて広い屋敷内を見廻しながら、善吉は溜息をついた。

「さすがは噂に聞く『越後屋』さんだ……とても立派だなあ」

「何を言うの。『鶴亀屋』さんに比べたら、天地の差」

「江戸のど真ん中と宿場町じゃ話になりやせんよ。いやあ、本当に凄いなあ」

善吉は素直そうな態度で再会を喜び、屈託のない笑顔で茶菓子も頬張っていたが、

おそのは申し訳なさそうに背中を丸めたままだった。おそのに寄り添うように、久実は優しく接して、

「大奥様もお元気そうで良かった」

「とんでもない……実は色々あって、店も人手に渡ってしまい、こんな体《てい》たらくです」

「そんな……」

「足も悪くして、逃れるように宿場を転々。江戸に流れ着きました……江戸といっても深川の方でしてね。一応、小さな小間物屋をやってますが、どうも……」

恥ずかしそうな態度で、おそのはずっと恐縮している。かつては大店の女将として、活《い》きの良い態度で商売をしていたが、見る影もない姿に、久実は同情の目で見ていた。

「では……多江さんもご一緒ですか」

「ええ、まあ……」

「じゃ、会いたいですわ。もう立派などこぞのお内儀になってるのでしょうね」

「それがまだ独り身で……しかも、どこか悪いようで、医者にかかってます」

「えっ。そうなのですか……」

「今日も、深川診療所に……ええ、ご存知のとおり、貧しい人だけが集まる町医者ら

しいですが、そういう所でしか……」

卑屈な顔で言い訳めいて話すおそのを見ていて、久実の方が辛くなってきた。その様子を窺うように見ていた善吉は、腰を引いて両手を突いて頭を下げた。

「こんなことを言えた義理じゃありやせんが、姉貴はなんだか知らねえけど病を患《わずら》い、おふくろもこんなです。どうか、俺を雇っちゃくれないでしょうか。小僧から頑張ります。厠の掃除から塵芥《ごみ》拾い、なんだってやります。身を粉にして働きますから、面倒を見ちゃくれないでしょうか」

善吉は必死に頼み込んだ。久実は少し困惑した顔をしていたが、

「——善吉さん。手を上げて下さい。私とお父っつぁんは、『鶴亀屋』さんのご主人には、とてもお世話になりました」

「で、では……！」

「はい。こんな店で宜しかったら、是非、住み込みで働いて下さい」

「本当ですか」

「ええ。でも、私も主人が他界し、女手ひとつでやっております。なので、厳しく躾《しつ》けますから、そのつもりでいて下さいね。恩人の息子さんだからって、甘やかしませんよ」

「ありがてえッ……では、おふくろのことも……」

「分かっております。恩返しできる機会が得られて、私の方が嬉しいですよ。大奥様……我が家だと思って、どうぞいつまでも一緒に暮らして下さい。多江さんのことも、できる限りのことを致します」

まるで観音様のように神々しい久実の姿に、善吉は両手を合わせて拝んだ。

「おふくろ……良かったな……噂には聞いていたが、やっぱり『越後屋』は江戸で指折りの大店だ。久実さんは仏様みてえな人だ。ありがたや、ありがたや……おふくろ、生きてて良かったな。親子心中なんぞ、しなくてよかったなあ。ああ……」

泣きながら手を合わせ続ける善吉の横で、おそのは何と言ってよいか分からぬ顔で、じっと俯いていた。

七

その夜、遅くなって、二階から忍び足で降りてきたのは、善吉であった。

暗い店内をぐるりと見廻してから、そっと帳場に近づき、鑑札の横に掛けてある鍵に手を伸ばした。木札が付いており、それには蔵の文字がある。二本下がっているのは、表扉と内扉のものであろう。

「…………」

善吉はもう一度、後ろを確かめるように見てから、鍵の木札を取ると土間に降りた。

丁度、表から「にゃあ」と猫の鳴き声がして、軽くトントンと板戸を叩く音がした。

何かの合図であろう。すぐに、善吉は戸に近づき覗き窓を開けてみると、外には、日下の顔があった。

お互い軽く頷き合うと、善吉は覗き窓を閉じて、潜り戸を開けようとした。

その時——。

「開けると、おまえも地獄に落ちますよ」

と背後から声がかかった。静かだが落ち着いた声である。

振り返ると、帳場の辺りに幽霊のように立っていたのは、吉右衛門だった。

「!?——うわっ……」

善吉は腰が砕けそうになったが、必死に体勢を保って、目を凝らした。

「あんた……たしか、昨夜、吉原の遊郭で……」

「そんな所に私は行きませんよ」

「いや、あんただ……酔っ払ってて、俺になんか言ってた……」

目を擦《こす》って見た善吉に、吉右衛門は囁くように言った。

「だったら、それは神様だったのでしょうな。悪事に加担するのは、よしなさいと」

「！……」

「洒落《しゃれ》では済まなくなりますよ」

「………」

「親兄弟に迷惑をかける程度ならば、若い頃なら誰にだってあることです……でも、本当にお縄になるようなことをすれば、一巻の終わりです。これから長くて楽しい人生があるはずなのに、三尺高い所に、その首を晒される」

「そ、そんなこと……」

「今なら、まだ後戻りできますよ……おまえが悪事に加担すれば、おっ母さんもお姉さんも、連座して咎人になるでしょうな。奉公したばかりの『越後屋』の女将さんには迷惑をかけるばかりではなく、おまえの縁者として何らかの裁きがあるかもしれない」

「………」

「それでも良いと思うなら、その鍵を持って出ていきなさい。どうします」

吉右衛門が静かに問いかけると、善吉は震えながら迷っていた。

また軽く外から木戸を叩く音がして、

「――善吉……ぐずぐずするな……何をやってんだ」

と息を潜めた声がした。

「さて、どうします」

もう一度、吉右衛門は訊きながら、ゆっくりと善吉に近づいていった。

すると、善吉は土間にへたり込んでしまった。

その手から、吉右衛門は鍵の木札を取ると、覗き窓を開けて、外にひょいと投げ出した。

「えっ……!?」

驚いた善吉の頬を、両掌《りょうてのひら》で揉むようにしながら、吉右衛門は微笑みかけた。

「どうやら、地獄道には落ちずに済んだようだねえ」

吉右衛門が投げ出した鍵を拾った日下は、すぐに『越後屋』の横手の細い路地に駆け込んだ。そこには、すでに数人の黒装束が待っており、梯子《はしご》を塀に立て掛けてある。

黒装束のひとりが鍵札を受け取って、足音も立てずに梯子を猫のように、するりと登ると塀の中に消えた。続いて、数人の手下たちも乗り込んだ。

黒い影は静かに素早く蔵に近づいて、表扉の錠前に鍵を差し込み、手際よく閂《かんぬき》を外し、観音開きの戸を開けた。さらに中の引き戸の鍵も外して、一斉に蔵の中に忍び込んだ。わずか、十も数えない間の出来事だった。

蔵の外にはひとりだけ、見張り役が残っていた。鋭い眼光で闇の中を睨んでいたが、その黒装束は、声もなくその場に崩れた。

その前に立ったのは——熊公だった。

傍らには、古味がおり、観音扉を外から閉めて、錠前を掛け直した。

「な、なんだ……おい。どうした！」

蔵の中から声がして、騒いでる様子が伝わってくる。

塀の外では、日下と田川、黒装束の仲間が待っているが、

——遅い。

と思っていた。

「何をやっているのだ……いつもなら、もう千両箱の五つや六つ、運び出しているはずだ……何かあったのか」

日下が呟いたとき、梯子の上から、ゴロゴロと黒装束がひとり落ちてきた。見張り番をしていた者である。しかも、後ろ手に縛られているので、日下たちは目を見開いた。

「なんだ……どうしたッ」

次の瞬間、やはり塀の上から、大きな塊《かたまり》が落ちてきたと思ったら、熊公の巨漢だった。丁度、太い両腕が日下と田川の首根っこに巻き付くように殴打して、ふたりはそのまま吹っ飛んで失神した。

他の浪人たちは驚きながらも、抜刀して熊公に斬りかかろうとした。同時に、黒装束たちは異変を感じたのか、裏手の掘割の方に逃げ出した。そこには、千両箱を盗んだ後に使う、逃亡用の川船を停泊させている。

「この岡っ引ふぜいがッ」

浪人たちが斬りかかるのを、熊公は懸命に躱《かわ》しながら表通りに逃げた。

追って出てくる浪人たちの前に立ったのは——和馬だった。

「天知る、地知る、我知る、人知る……どっかで聞いたことくらいあるだろう。たしか、『楊震伝《ようしんでん》』だったかな。後漢《ごかん》の王朝の頃のことわざかな……俺も忘れたけれど、まあ悪さは誰かが見てるってことだ。わっはっは」

和馬がからかうように言うと、浪人たちは「くらえッ」と斬りかかってきた。素早く避けながら、和馬も抜刀して、

「殺さないけれど、逃げられない程度には怪我をさせるから、覚悟しろよ」

と浪人たちの膝や足首などを打ち払い、首や腰などを強く叩きつけて、肩や腕などは軽く斬り裂いた。悲鳴を上げながら、その場に崩れた浪人たちに、駆けつけてきた捕方たちが一斉に躍りかかって縛り上げた。

一方――掘割の方に逃げた黒装束たちは、ひらりと飛んで川船に飛び乗った。

とたん、船の底が抜けて、ぶくぶくと沈んでしまった。まるで泥の船だった。

「うわっ。なんだ、これは……！」

必死に泳いで船杭《ふなぐい》に摑まったり、船着場に這い上がろうとする黒装束たちは、駆けつけてきた捕方たちの刺股《さすまた》や袖搦《そでがらみ》を浴びて、一網打尽となった。

近くの路上には、その様子を見ていた陣笠陣羽織姿の山岡がいた。

路地から、悠然と出てきた古味に向かって、

「アッパレじゃ。此度は見事、百目の鬼十郎一味を追い詰めたな」

と褒めた。

「いえ、それが……肝心の頭領である百目の鬼十郎がおりませぬ」

「なんと……」

「蔵の中に閉じ込めた奴らの中には、おりませなんだ」

「うむ……聞きしに勝る奴よのう」

「はあ。それより、山岡様はどうして、この『越後屋』が襲われると承知していたのですか。此度は、私も謹慎中ゆえ、遠山奉行にも内密に動いておりましたのですが」

「そこは火盗改。市中には常日頃から、目を光らせておる」

「なるほど。それで、吉原遊郭でも御自ら探索をしておられましたか」

「──なに……？」

山岡の目の色が変わるのを確かめるように見て、古味は迫った。

「実は、昨日、『越後屋』を襲う前祝いとして、百目の鬼十郎一味が集まっていたとの報を、密偵から受けておりました」

「密偵……」

「はい。ふだんは袖の下同心と呼ばれている私めにも、その手合いは何人かおりますのでね……そやつが、百目一党の頭領、鬼十郎の顔をハッキリと見たというのです」

訝《いぶか》しげになる山岡の顔を凝視しながら、古味は「おい」と声をかけた。

路地から出てきたのは、吉右衛門と善吉のふたりであった。

「あっ……!?」

思わず声を上げた山岡に、吉右衛門が真顔で指をさし、

「たしかに、こやつでございます。なあ、間違いないなあ、善吉」

と言うと、善吉も大きく頷いた。

「ふ……ふざけるなッ」

吉右衛門はズイと前に踏み出て、山岡を睨み据え、

「この年寄りとガキだと思って、油断したようですな……ですが、まさか……火付盗賊改の山岡達康様が、百目の鬼十郎とは、お釈迦様でも気付かなかったようですな」

「何を言うか。貴様ら……出鱈目《でたらめ》を申すと容赦せぬぞ！」

「出鱈目かどうかは、今宵、捕らわれた手下たちが、お白洲で申し述べるでしょう。いやあ、それにしても、火盗改が盗賊の頭領ならば、いくらでも逃げ遂《おお》せるわけだ。ですが、それも今月今夜までのようですな。ははは」

吉右衛門が大笑いしていると、和馬が近づいてきて、

「おい、吉右衛門。真夜中なのだから、静かにせぬか。人の迷惑を考えろ」

「そうでございますな。人様に迷惑をかけるな。盗みをするな。嘘をつくなと、親に教えられないまま大きくなると、こんな火盗改が出てくる。善吉……篤《とく》と覚えておけよ」

そう言いながら吉右衛門は、善吉の肩をポンポンと軽く叩いた。

数日後——和馬は、深川診療所を訪れていた。

寺の庫裏《くり》として使っていた所の一室には、多江が横になっていた。その側で、千晶が甲斐《かい》甲斐しく面倒を見ている。

遠目に見ていた和馬は、なんだか悲しくなって瞼《まぶた》を擦った。

近づいてくる藪坂に、和馬は訊いた。

「どうですか、多江の容態は……」

「本人もなんとか頑張っているが、もうしばらく様子を見てみないとな……元々、血の道や気の流れが良くなく、よって胃腸や腎の臓にも負担がかかっていたのだろう」

「——そうですか……」

「かなりのお嬢様だったらしいが、暮らしが一転したのも悪く影響したのかもしれぬな……とにかく養生が一番だ」

藪坂は事もなげに言ったが、和馬は悲痛な表情で、

「まあ、なんとか……母親と弟の方は、吉右衛門が改めて『越後屋』の久実さんに掛け合って、面倒を見て貰うことになったが、多江があの体では……」

「意地もあるのだろうが、まだ若い。小間物屋を続けることで、これまでの苦労を忘れ、気が晴れるといいと思うがな」

「気が晴れる……そうですね」

和馬は思い切ったように、藪坂に尋ねた。

「あと……どのくらい保《も》ちそうですか」

「どうだろうな……俺の見たところでは、そろそろ限界かもしれぬな」

「限界……そんなに悪いのですか」

「良い悪いではない。母親の面倒だけでも大変なのに、弟があの散財振りだ……父親から残された金も底をついて当然だ」

「金……金が必要なら、俺が何処からでも、調達してきます。なので、どうか……」

「いやいや。甘やかすのはよくない。何でも金で解決できると思ったら、大間違いだ」

「ですが、先生……」

切羽詰まった顔になる和馬に、藪坂は寂しそうな、それでいて説諭するまなざしで、

「和馬殿は優しい。だが、金ではどうしようもないことがある」

「しかし……」

「そのことを、善吉にもキチンと教えてやらないと、奴のためによくないだろう」

「えっ……」

「此度は、遠山奉行の計らいもあって、百目の鬼十郎一党捕縛のために手柄を立てたということになったそうだが、一朝一夕で歪んだ心が治るとは限らぬ」

「…………」

「ご隠居も一肌脱いだようだが、これから『越後屋』でどう頑張るか。そこが人生の分かれ道になるだろうな」

藪坂が心配そうな顔になるのへ、和馬は少し首を傾げて、

「それはそうですが……心配なのは、多江の方です」

「心配……そうだな。千晶からも訊いておるが、かなり言い寄られたそうな。千晶の恋敵《がたき》がまた増えた。なのに和馬殿は、久実さんにご執心……和馬殿もまだまだ若い。選《よ》り取り見取りで、俺には羨ましい限りだ」

「――何の話をしているのです……俺は、多江の体……命を案じているのです」

「命……？」

「余命幾ばくもないと……多江は……」

「まさか……はは。便秘で死んだ奴など、聞いたことがない」

「便秘……」

「そりゃ、饅重だろうがなんだろうが、自棄食《やけ》いしていたら、糞詰まりになるわい」

「いや、でも……腎の臓が……」

「なんだ。その話なら、多江からも聞いていたが、誰かとの間違いか、聞き違いだろう。苦労して体が弱っているのは確かだが、余命三ヶ月はありえぬ。〝嫁さんにならぬか〟とでも医者に言われたのではないか」

「……まじかよ」

和馬は庫裏の方を見たが、見舞いに行くのはよしておこうと思った。

すると――千晶と多江がなぜか笑いながら一緒に立ち上がって、和馬の方を見ている。嫌な予感がして、和馬は背を向けて山門の方へ歩き始めた。

「和馬様ア！　逃げることないでしょ！」

千晶が立ちあがると、多江も布団から出てきて、

「そうですよ、和馬様！　私と千晶さん、どちらをお嫁さんにしてくれるんですか。ハッキリして下さいなア」

と大声を上げた。

それだけの元気があれば、小間物屋の商売も続けられるであろう。

「頑張って儲《もう》けろよ！　そして、この診療所に沢山のお布施を頼むぞ！」

和馬は声をかけて、そそくさと逃げ出した。

「待って下さい！　駆けっこなら自信があると言ったでしょ。今日はお腹の調子がいいから、負けませんよッ」

多江は寝間着のまま、部屋から出て縁側から裸足で駆け下りると、韋駄天《いだてん》の神様のように追いかけ始めた。その疾走姿は、とても病み上がりには見えなかった。

「これこれ。そんなことをしていたら、また悪くなるぞ」

藪坂は本気で心配して声をかけたが、千晶も負けてはなるものかと、一緒になって和馬を追いかけ始めた。

「——まあ、宜しいんじゃないですか……若いというのは、羨《うらや》ましい」

本堂の縁側から、和馬たちの姿を見ていた吉右衛門は茶を啜《すす》った。そして、お日様のもとに生まれた者たちみなに、明るい明日が来るようにと願う吉右衛門であった。

時代小説
二見時代小説文庫

赤《あか》ん坊《ぼう》地蔵《じぞう》　ご隠居《いんきょ》は福《ふく》の神《かみ》8

二〇二二年 三 月二十五日　初版発行

著者　井川香四郎《いかわこうしろう》

発行所　株式会社　二見書房
〒一〇一-八四〇五
東京都千代田区神田三崎町二-一八-一一
電話　〇三-三五一五-二三一一［営業］
　　　〇三-三五一五-二三一三［編集］
振替　〇〇一七〇-四-二六三九

印刷　株式会社　堀内印刷所
製本　株式会社　村上製本所

 ISBN978-4-576-22030-7
https://www.futami.co.jp/

井川香四郎

ご隠居は福の神

シリーズ

以下続刊

① ご隠居は福の神
② 幻の天女
③ いたち小僧
④ いのちの種
⑤ 狸《まみ》穴《あな》の夢
⑥ 砂上の将軍
⑦ 狐《きつね》の嫁入り
⑧ 赤ん坊地蔵

「世のため人のために働け」の家訓を命に、小普請組の若旗本・高山《たかやま》和馬《かずま》は金でも何でも可哀想な人たちに分け与えるため、自身は貧しさにあえいでいた。ところが、ひょんなことから、見ず知らずの「ご隠居」を屋敷に連れ帰る。料理や大工仕事はいうに及ばず、体術剣術、医学、何にでも長《た》けたこの老人と暮らすうち、和馬はいつしか幸せの伝達師に！「ご隠居」は何者？　心に花が咲く！

二見時代小説文庫

牧 秀彦

南町 番外同心 シリーズ

以下続刊

① 南町 番外同心1 名無しの手練《てだれ》

名奉行根岸《ねぎし》肥前守《ひぜんのかみ》の下、名無しの凄腕拳法番外同心誕生の発端は、御《ご》三卿《さんきょう》清《し》水《みず》徳川家の開かずの間《ま》から始まった。そこから聞こえる物《もの》の怪《け》の経文を耳にした菊千代《きくちよ》（将軍家斉《いえなり》の七男）は、物の怪退治の侍多数を拳のみで倒す〝手練〟の技に魅了され教えを乞うた。願いを知った松平定信《まつだいらさだのぶ》は、『耳嚢《みみぶくろ》』なる著作で物の怪にも詳しい名奉行の根岸に、その手練との仲介を頼むと約した。新シリーズ第1弾！

森詠

会津武士道
シリーズ

以下続刊

① 会《あい》津《づ》武士道1
ならぬことはならぬものです

江戸から早馬が会津城下に駆けつけ、城代家老の玄関前に転がり落ちると、荒い息をしながら「江戸壊滅」と叫んだ。会津藩上屋敷は全壊、中屋敷も崩壊。望月《もちづき》龍之介《りゅうのすけ》はいま十三歳、藩校日新館にて文武両道の厳しい修練を受けている。日新館に入る前、六歳から九歳までは「什《じゅう》」と呼ばれる組で会津士道に反してはならぬ心構えを徹底的に叩き込まれた。さて江戸詰めの父の安否は？

剣客相談人（全23巻）の森詠、新シリーズ第1弾！